JN236591

イン・ザ・プール

奥田英朗

文藝春秋

イン・ザ・プール／目次

PHOTOGRAPHY:EIJI SUZUKI DIGITAL ARTIST:HIROSHI MASUDA
ART DIRECTION+DESIGN:KENTARO ISHIZAKI

イン・ザ・プール

イン・ザ・プール

1

「伊良部総合病院」の地下一階は人の行き来もなく閑散としていた。大森和雄は「神経科」と書かれたプレートをため息まじりに見上げている。外光がないだけに蛍光灯の青白い明かりがやけに頼りなげで、心なしか空気までひんやりしているように思えた。

体《てい》よく追い払われたな——。和雄の中にはそんな思いがあった。身体の不調を訴え連日通いつめる和雄に、内科の若い医師は冷淡だった。昨日など採血のあと、「ヤクルトでも飲みますか」と皮肉られたほどだ。レントゲンを撮っても尿検査をしても異常は見つからず、今日はとうとう「一度うちの神経科に行ってみませんか」と提案されたのだ。

「ちょっと変わった先生ですが慣れればどうってことないですから」若い内科医はひきつった笑みを浮かべ、和雄と目を合わせようとはしなかった。

まったく近ごろの病院は。外来患者をないがしろにして。

恐る恐るドアをノックすると、中から「いらっしゃーい」という甲高い声が聞こえた。なんだか長嶋監督みたいだ。和雄は診察室へ足を踏みいれた。

顔を上げる。四十代前半と思われる太った医師が、一人掛けのソファに深々と腰をおろしていた。部屋の隅の机では茶髪の若い看護婦が、和雄には目もくれないで週刊誌を読んでいる。

「どうもどうも」医師が相好をくずし、椅子を勧めた。

和雄はスツールに腰かけ、医師の胸の名札に目をやる。「医学博士・伊良部一郎」とあった。この病院の跡取りなのかもしれない。

「コーヒー、飲む?」

「はい?」

「コーヒー。インスタントだけど。マユミちゃん。コーヒー、ふたつ」

伊良部が勝手に注文する。マユミちゃんと呼ばれた看護婦は返事をせず、立ちあがるとスリッパをペタペタと鳴らし、不機嫌そうに部屋を出ていった。

「カルテ、見たよ」伊良部はうれしそうに言った。「心身症だね」

「はい?」

「心の病。もう典型的」

「はあ……」少し腹が立った。気が弱っている患者に、いきなりその言葉はないだろう。

「上のやつら、何やってんだろうね」伊良部が指で内科のある一階をさす。「あいつら、もしも機能性の疾患だと怖いもんだから、なかなか下に回そうとしないんだよね」

「そう……ですか」

「患者をすぐに囲いこみたがる」

「はあ……」ちがう気がしたが、面倒なので口を挟まないことにした。

和雄が体調に異変を感じたのは一月前だった。夜中に胸が苦しくなったのだ。床の中で、なんだか空気が薄いなと思ったら、数秒後には呼吸困難に陥った。あわてて跳ね起き、マンションのベランダに出た。一分ほどで収まったが、全身は汗みどろになった。恐怖の記憶が和雄の心に刻まれた。

続いて下痢がやってきた。自宅から駅までもたないのだ。三十八歳にしてパンツを数回汚した。妻に言えず、コンビニで買ったパンツに穿き替えた。

当然、ひと騒動あった。亭主が朝と夜で別のパンツを穿いているのだから、妻も心中穏やかではない。問い詰められ、白状し、誤解をといた。ただしこのあともうひと悶着あった。深く同情した妻の尚美は、不憫《ふびん》な亭主のために介護用オムツを買ってきたのである。

三日ほど、口を利かなかった。

下痢は一週間ほど続き、症状がやわらいだ。その代わり、内臓全体に落ち着きがない。常にザワザワとしていて、まとまりに欠けるのだ。これを説明するのはむずかしく、最初に医師と対面したとき、「内臓が学級崩壊みたいになって」と訴えたら声をあげて笑われた。

昨日からは下腹部の奥が痛くなった。すぐさま「家庭の医学」を繙《ひもと》き、腎臓だとあたりをつけた。そういえば最近小便のキレも悪い。いったん不具合が出ると和雄はいてもたってもいられず、今日も朝から病院へやってきたのだ。

「それで？ 他人の声とかは聞こえるわけ」

和雄が眉間にしわを寄せる。

「ほら、このへんから」伊良部が手を伸ばし宙をつかんだ。「誰かの声がするとか」

「いいえ」静かにかぶりを振る。

「じゃあ、誰かに見張られてるような気がするとか」

「いいえ」さらに眉をひそめ、伊良部の顔をのぞき込んだ。

「……なんだ。妄想の類いはないのか」まるで残念がってるような口ぶりだった。「そうか、ただの不定愁訴《しゅうそ》か」伊良部はソファに深くもたれ、てのひらで顔をこすっている。

看護婦がコーヒーを運んできて、しばらく二人で黙ったままそれをすすった。やけに甘くて濃いコーヒーだった。看護婦は、再び週刊誌をめくっている。

「あのう、不定愁訴って何ですか」和雄が訊《き》いた。

「ストレス性の体調不良」あっさりと言われた。

「と言うことは、わたしの胸が苦しくなったり下痢が続いたりするのは、ストレスが原因だと……」

「そう」

伊良部が口の端を持ちあげる。やけに淡泊な答え方だった。

ストレスという言葉を聞き、和雄は自分の日常を思ってみた。妻とはうまくいっているし、会社でもとくに問題は抱えていない。強いてあげれば、実家の両親を今後誰が面倒を見るのかで姉と気まずくなっているが、思い悩むほど切羽詰まってはいない。

「はい？」

「言っとくけど、聞かないから」伊良部が言った。

「ストレスの原因を探るとか、それを排除する工夫を練るとか、そういうの、ぼくはやんないから」

「はあ」

「ほら、最近よくテレビでカウンセラーが患者の悩みを聞いて励ましたりするシーンとかあるじゃない。ああいうの、何の役にも立たないことだから」

「……そうなんですか」

「そう。だいいち聞いてどうなるの。実はあなたが過去に人を殺して苦しんでいるとしたら、自首を勧めるか口止め料を要求するか、ぼくにできることはそれぐらいしかないでしょう」

「いや、べつにそういう過去はないんですが」

「いやな上司がいて、じゃあ毒でも盛る勇気があるのかと言ったら、あなた、ないわけでしょう」かまわず話している。「つまりストレスなんてのは、人生についてまわるものであって、元来あるものをなくそうなんてのはむだな努力なの。それより別のことに目を向けた方がいいわけ」

「と言いますと……」ほう、何か策でもあるのかと思った。

「たとえば、繁華街でやくざを闇討ちして歩くとかね」

和雄が三たび眉間にしわを寄せた。

「これはシビれるよ。つまらない悩み事なんて確実に吹っとぶ。なにしろ追われるわけだからね。命すら危ないときに、どうして家や会社のことなんかにクヨクヨできるのよ」

本気で言っているのだろうか。軽いめまいがする。

「実際、そういう治癒例もあるんだよね。硬貨にも触れないくらいの潔癖症だった患者が、阪神大震災で被災して、夢中で毎日を送っているうちに治ってしまったとかね。地震は呼んでも来ないから、ま、やくざが妥当な線かな」

「で、わたしに、やくざを襲えと……」

「たとえばの話だよーん。あっはっは」伊良部は大口を開けて笑っている。「休暇をとって紛争地帯へ行くのだっていいし」

和雄がため息をつく。帰ろうと思った。ストレス性の病ならそれでもいい。別の病院をあたるまでだ。

「とにかくストレスの元などへたに探そうとしないことだね。どのみち心身症になるような人間は、思い当たったところでそれを根絶することはできないわけだから。それに、大森さんは三十八歳だけど、ちょうど来そうな年頃なんだよね。中年のハシカみたいなものかな」

会社の同僚に聞こうかと考えた。どこかいい神経科の医院を知らないか、と。いやだめだ。こういう噂はすぐに広まるし、とくに人事には知られたくない。

「じゃあ、注射をしようか」伊良部は自分の太いももをポンとたたいた。「腎臓に鈍痛があるということだから、今日は痛みを緩和する抗生物質を打つね」

奥のカーテンが開き、振り向くといつの間にか看護婦がスタンバイしていた。

「あの、またの機会ということで……」

「だめだめ。子供じゃないんだから。注射を怖がってどうするのよ」

伊良部は立ちあがり、まるで逃がさんぞとばかりにドアの付近に移動する。

仕方なく和雄は場所を移動し、注射台に左腕を乗せた。腎臓が痛むのは事実だし、まさか、総合病院でめったなことは起きるまい。

看護婦はすっぱな印象ではあるものの、間近で見るとなかなかの美形だった。ただし愛想はまったくなかった。

「拳を軽く握ってください」

口調が投げやりだ。

左腕をチューブで巻かれ、消毒液が塗られた。

伊良部が監視するようにすぐそばで見ていた。この看護婦は新米なのか。もういい。なんでもいいから早く済ませてくれ。和雄はそっと吐息を漏らした。

そのとき注射台の下で看護婦の白衣の前がはだけ、白い太ももが露《あらわ》になった。

凝視するわけにもいかないので和雄は顔を背けた。ただ、三秒と見ていないはずなのに、看護婦の太もものの白さと、うっすら浮かんだ静脈まで目に焼きついた。

チクリと痛みが走り、針が刺さるのがわかった。

注射は無事に済み、和雄は解放された。

「大森さん、明日も来てね」伊良部が言った。「心身症は毎日の検診が肝心だから」

和雄は何の疑問も抱かずに「はあ」とうなずく。看護婦の太ももの残像が、まだ脳裏のスクリーンに映っていた。

「ところで、大森さんの知り合いに多重人格の人っていない？」

「はい？」

「多重人格。一人の脳の中にいろんな人格が混ざりあっているやつ」

いるわけないだろう。吐き捨てたいのをこらえ、「いいえ」と穏やかに返事した。

「そうか、いっぺん見たいんだけどなあ。なかなかいないか、現実には」

伊良部は腹を揺すって「あはは」と笑った。

「あの、わたしは安静にしていたほうがいいのでしょうか」

「ううん。べつに」鼻をほじっている。

「じゃあ、普通に会社に行っても……」

「いいよ。でも、デスクワークだけじゃなく、運動はしたほうがいいかな」鼻くそを壁にこすりつけた。「一日一回は息が切れるくらいの運動はしないとね」

和雄は、伊良部の牛を想起させる体型をあらためて見ながら、おまえが運動しろと言いたくなった。

神経科を出るとき、たまたま廊下を通った年配の看護婦が、まじまじと和雄の顔を見つめた。その眼差しは、どこか同情めいた色合いが感じられた。

昼過ぎに出社すると、いくつかの電話連絡を済ませ、雑務をこなした。出版社勤務の和雄は主婦向け月刊誌の編集部に籍を置く。残業の多い部署であるが、忙しさに周期があるので慣ればさほどきついわけではない。今は校了明けで、編集部は比較的静かだ。

バイトのいれてくれたコーヒーを飲みながら、ふと職場を見渡した。この中に自分のストレスの元はいるのだろうか。

編集長は堅物で、主婦並みの経費管理に頭に来ることはあるが、おおむね人畜無害な上司である。副編は胃潰瘍で入院した過去があるほど神経の細い男だ。声を荒らげることすらない。同僚たちも、穏やかな人間が揃っている。そのぶん仕事はイマイチだが。むしろ職場では、自分がいちばんうるさいくらいなのだ。

それより、自分の体調不良がストレスによるものらしいことに、和雄は小さなショックを受けていた。図太い人間だと思っていた。仕事をバリバリとこなし、あちこちに人脈も築いてきた。孤独だと思ったことはないし、子供のころから集団ではリーダー格だった。

そろそろガタがきたのかな。伊良部という医者は中年のハシカと言ったが、案外当たっているのかもしれない。食生活は不規則だし、運動もしていないし。

運動か――。腕を頭の上で組み、伸びをした。

まともな運動など、大学を出て以来一度もしていなかった。スキーもしないし、ゴルフもしない。和雄はどこかレジャーを小馬鹿にするところがあった。テレビのニュースで渋滞する高速道路を見ては「馬鹿どもが」と見下すのが、日曜の夕方の決まった過ごし方だ。妻の尚美も、家にいるのが好きだと言う。子供がいないから、行楽に駆りだされることもない。

運動、してみるかな。ぼんやりと思った。

汗をかくのはきっと気持ちがいいだろう。もしかすると、最近たるんできた腹が昔のように引きしまるかもしれない。

椅子に座ったまま肩を回してみた。軽い痛みが走るがむしろ心地よかった。

何をするかな。手っとり早いところだとジョギングだが……。

いや、毎日走るなど自分に続けられるわけがない。

テニスは相手がいるし、そもそも経験がない。ウエイト・トレーニングはいかにも肉体コンプレックスを抱えているようで抵抗がある……。

首を前後左右に曲げ、和雄はいつの間にかストレッチ体操のようなことをしていた。

となると、水泳ってところかな——。和雄は自分の提案にうなずいてみた。泳ぎは子供のころから得意だったし、膝や腰に負担がかからないから怪我の心配もない。

前に泳いだのっていつだっけ。目を閉じて思いかえす。これも学生時代以来遠ざかっていたことに愕然とした。もう十六年もプールに入っていない。

和雄は机の電話を取り、自宅にかけた。尚美はイラストレーターでたいてい家にいる。

「ねえ、うちの近所ってプールあったっけ」そう訊くと、尚美は「なによいきなり」と訝《いぶか》った。

「いいから教えてよ。プールあった？」

「区民体育館の地下にあるけど」

「その区民体育館ってどこよ」

「知らないの。図書館の隣じゃない。クリーム色の大きな建物」

「ええと……図書館って」

訊きながら少し情けなくなった。かれこれ五年も今の町に住みながら、和雄は近所のことをほとんど知らない。尚美もあきれたらしく、「とにかく歩いて五分のところ」としか教えてくれなかった。

「それがどうかしたの？」と尚美。

「泳ごうと思ってさ」

「誰が」

「おれがだよ」

「千葉すずの無念をおれが代わりに晴らすって？」

「君、どっからそういう発想が出てくるわけ」

「じゃあ何よ」

「医者に言われたんだよ。運動しなさいって」

「あなた、もしかして今日も病院に行ったの」電話の向こうで声のトーンが上がった。

「行ったさ。どうせ通勤のついでに寄れるところだし」

「あなた、病気なんじゃない？」

　妻が意味の通らないことを言う。

　当初こそ亭主の病状を心配していた尚美だったが、最近ではすっかりぞんざいな態度をとるようになっている。青い顔をしてソファに横たわっていても、「レントゲン写真には影も鉗子《かんし》もなかったんでしょ」とマニアックな冗談を飛ばして意に介そうとしない。手術経験もないのに鉗子が置き忘れてあってたまるものか。

　おまけに、食欲がないのを知っていて好物の金目鯛の煮付けを供したりする。半分残すと尚美はよろこんで皿を引き寄せるのだ。

　ともあれ、プールが近所にあることがわかればいいので、和雄はさっさと電話を切った。机の上で都内地図を広げる。自宅のある区を調べると、なるほど歩いて五分ほどのところに区民体育館はあった。巻末には電話番号も記されている。編集者の習性で問い合わせをした。すると連日午前九時から午後九時まで開館していて、料金が一時間でたったの二百円だとわかった。

　和雄はもう水泳をはじめることを決めていた。

　よし、海水パンツを買いに行こう。いや、今は海水パンツなんて言わないか。競泳用パンツだな。キャップもゴーグルも必要だ。

　いてもたってもいられなくなった。和雄は適当な理由をつけ、会社を抜けだすことにした。人と会うといえば誰も疑わないのだから出版社はらくだ。

そして三十分後には新宿のデパートにいた。

夏も近いということもあり、水着売り場は平日だというのに若い男女で賑わっている。カラフルな水着が目に眩しかった。

いろいろ迷ったあげく、和雄は、トランクスではなくビキニ・タイプを選んだ。ついでにバッグもスポーツタオルも買い求めた。

スポーツ用品を買うのは不思議と誇らしい気分だった。女店員を前に、「わたしはこういう趣味があってね」とつい胸を張りたくなる。

そうこうしているうちに、会社に戻るのがおっくうになった。

腕時計を見ると、午後三時だった。

会社に電話を入れ、バイトの女の子に「発表会へ行って直帰」と告げた。私鉄に乗って和雄は自宅を目指した。いや、尚美に説明するのが面倒なのでこのまま区民体育館へ行こう。和雄の気持ちは、夏休みにプールへ急ぐ小学生のようにはやっていた。

ふと自分の下腹部に意識がいった。腎臓付近の鈍痛はかなりやわらいだものになっている。あの注射は効いたのかな。伊良部という変わった医者を、和雄は少し見直していた。

区民体育館に到着し、二時間分のプール・チケットを買った。

更衣室は清潔で、シャワーもドライヤーも完備していた。けっして安くない税金を納めながら、和雄は公共施設をあまり利用したことがない。なんだもっと早く来ればよかったと、はしゃぐように舌打ちした。

通路を抜けて室内プールに足を踏みいれた。懐かしい消毒薬の匂いが鼻をくすぐる。眼前には青々とした水が豊かに横たわっていた。平日ということもあってか利用客はほとんどいない。いいところじゃないか――。自分の心がすうっと軽くなるのがわかった。

プールサイドで準備体操をした。念入りにストレッチした。

水に足を入れる。全然冷たくなかった。立派な温水だ。

胸までつかる。快感だった。軽く潜ってみる。もっと快感だった。

和雄はプールの側壁を蹴り、クロールで泳ぎはじめた。ゆっくりと、肩慣らしのつもりで。左右の腕を大きく回し、水をいたわるようにやさしくかいていった。バタ足もスローペースで蹴ってゆく。そうして二十五メートルを泳いだ。

泳ぎを忘れていないことに感慨が湧いた。

ターンしてまた二十五メートルを泳ぐ。今度は浮いている感覚を味わいたくて、さらにゆっくり手足を動かした。

泳ぎながら自然と笑みがこぼれてきた。水がやたらと心地よい。途中、仰向けになると、天井の照明灯がきらきらと輝いていた。

くそお。なんでこんなに楽しいことにいままで気づかなかったのだ。

和雄の心は、近年味わったことのない幸福感に満たされていた。

2

「ほほう。水泳ですか」

伊良部が短い脚をむりやり組み、腹の贅肉を押し潰すようにして身を乗りだした。

「ええ、近所に穴場があったんですよ。それで行って泳いでみたら、実に爽快で」

和雄がスツールに浅く腰かけ、昨日のプールの話を聞かせる。誰かに話したくて仕方なかった。ゆうべは妻の尚美相手に延々と水泳の効用を説き、風呂にまでついていったところで厭がられた。身体を動かした快感で、和雄はどこかハイになっていたのだ。そして一夜明けたいまも、膨らんだ気持ちがしぼむことはなかった。今日だって、会社帰りにプールに行くことをすでに決めている。

「それで下腹部の痛みもやわらいだと」

「そうなんです。内臓全体が落ち着かないのは相変わらずですが、ここ二週間ではいちばん調子がいいんです」

「注射の効果ということも忘れてほしくないんだけど」伊良部が鼻をひくつかせる。

「ええ、もちろんです」あわててうなずいた。「あのあと、すぐに痛みが軽くなりましたから」

「ま、水泳っていうのは有酸素運動だからね。身体の調子を整えるにはいちばんいいんだよね」

伊良部が看護婦のいれたコーヒーに口をつける。湯気で眼鏡《メガネ》が曇った。

「有酸素運動、ですか？」

「そう。エアロビクスなんかと一緒で、酸素を取りいれながら運動すること。重量挙げは息を止めるでしょ。ああいうのは便秘になりやすいわけ」白衣の裾でレンズを拭いている。「だから速く泳ぐ必要はないんだよね。ゆっくりと、できるだけ長時間同じ運動を繰りかえした方がいいわけ」

「じゃあ、長距離が望ましいと」

「そう」伊良部の眼鏡レンズはよけいに汚れていた。

和雄はその言葉を聞き、少し反省した。昨日は、泳ぎは忘れていなかったものの持久力の衰えは隠せず、続けて二百メートルも泳ぐと息がきれてしまったのだ。だから休み休み泳いでいた。

今日からは長距離に挑戦しようと思った。学生時代、一キロや二キロは軽く泳げたのだ。

「じゃあ、注射しようか」

「ええと、今日も……ですか？」

「うん。毎日投与するタイプの薬を使ってるから。おーい、マユミちゃん」伊良部が看護婦を呼んでいる。

仕方なく、言われるまま席を移動した。注射台に腕を乗せると、昨日と同じ看護婦が前に立った。和雄は思いだす。あの白い太ももを。

看護婦が注射器を片手に屈んだ。なぜか今日も伊良部はそばまで来て、じっとその様子を眺めている。つい下に目がいく。看護婦は、またしてもはだけた白衣から白い太ももをのぞかせていた。

左腕にチクリと痛みが走る。目を閉じた。そのとき伊良部が小さく唸った気がした。

会社に行っても仕事があまり手につかなかった。

水泳のことを考えていたからだ。

今日は、五百メートルは続けて泳ぎたい。

和雄は、外注スタッフとの打ち合わせを雑談なしで早々に切りあげると、資料探しと称して街の大型書店へ向かった。水泳のテキストがほしかった。すぐに息がきれるのは、もちろん体力の衰えもあるのだろうが、それより泳ぎ方に問題があるのではないかと考えたのだ。

専門書のコーナーに数冊のテキストがあった。けれど図解やレイアウトのセンスが悪く、食指が動くようなものではなかった。ふと思いついて雑誌売り場に足を運んだ。『ターザン』のバックナンバーを探そうとしたのだが、偶然にも平積みされた最新号が水泳の特集号だった。なんだか自分が祝福されているような気がした。

中身を見ると、イラストがわかりやすいばかりか、スイム・グッズのカタログまで載っている。

しまったな、これを見てから競泳パンツを買えばよかったな。かすかに後悔する。

もう一着買うかな。そんなことまで思った。

和雄は近くの喫茶店に入り、ゆっくりとページをめくった。クロールのストロークとキックが連続図解で解説されている。

ああ、そうか。腕は体の中心線の延長に伸ばすのか。

なに、水をかくときは腕を九十度に曲げるって？

三十八にして知ることだった。

なんだ、おれは素人だったのか。小さく肩を落とす。

ただし本気で落胆したわけではなかった。これらをマスターすればもっとうまく泳げるということなのだ。

和雄は窓際の席でイラストのストロークを真似てみた。左手を前に伸ばし、すぐにはかかないで、その手に重ねるように右手を伸ばす。

ふと顔をあげる。離れたテーブルのカップルが和雄を見て笑いをこらえていた。

ひとり咳払いする。顔が熱くなった。

アイスコーヒーを飲み干し、和雄は今日のスケジュールを思った。

午後四時から恵比寿のスタジオで撮影か……。

立ち会わなくていいだろう。どうせキッチン用品のブツ撮りで流れ作業なのだ。

和雄は会社に戻ると、ホワイトボードに《撮影・恵比寿。そのまま直帰》と書きこみ、社を出たところでカメラマンに携帯で連絡を入れた。「いつもの感じでヨロシクね」と言ってターミナル駅へと急いだ。

自宅方面に向かう電車に乗りながら、和雄の心は弾んでいた。

途中、外の景色を眺めていたら「伊良部総合病院」の看板が見えた。なぜか頼もしく思えた。

区民体育館に着くと、また二時間分のチケットを買ってプールに入った。

水に包まれるだけで和雄の心は安らいだ。

その日は五百メートルの連続スイミングに成功した。

『ターザン』を参考にしてフォームをチェックし、練習したのちトライすると、目標を達成することができたのだ。

プールから上がったときは立っていられないほど息がきれ、ベンチで横になった。

えもいわれぬ充実感があった。

いや、そこまで急ぐことはないか。明日は一キロだと思った。

明日が待ち遠しい。毎日百メートルずつ上積みしていけばいい。

荒い息をはきながら、こんな思いは何年ぶりだろうと和雄は愉快な気持ちになった。


「ほほう。もう一週間も続いてますか」

伊良部はその日も短い脚を強引に組んで和雄の話に聞きいっていた。

「ええ、もう楽しくて楽しくて。毎朝の日課になりました」

ここのところ和雄の話といえば水泳のことばかりだ。

和雄は、プールも病院も毎日通っていた。伊良部総合病院は日曜が休診だが、プールの方は文字どおり毎日だ。さすがに早引けばかりはできず、朝イチでプールに行くことにした。九時から一時間泳ぎ、その足で病院に寄り、昼ごろ出社するというパターンだ。

この間、とうとう和雄は二キロを続けて泳げるようになった。昔の勘を完全に取り戻したのだ。

「ぼくも最近は運動不足でねえ」伊良部が顎をなでてつぶやく。「内科の馬鹿どもに少しはダイエットしろと言われちゃったからなあ」

あんたの二重顎を見ればわかるわい、と心の中で苦笑した。

「そのプール、どこにあるの？」

「うちの近所の区民体育館の地下です。へたなスポーツ・ジムより清潔だし、なにより空いていていいですよ」

「ほほう」

「行ってみますか。ここからはたかだか駅で二つですし」

「うーん」伊良部が首の肉をつまんで唸ってる。「でも、息継ぎ、できないんだよね」

「大丈夫ですよ。すぐに覚えますよ。べつにクロールじゃなくて平泳ぎだっていいし」

「身体、冷えたりしない？」

「温水ですよ。三十度に保ってあるからあったかいくらいですよ」

「ぼく、飛び込みもできないんだけど」

「飛び込みは禁止。運動部の練習じゃないからみんな勝手に楽しんでますよ」

「なんか、大森さんの話を聞いていると、水泳って楽しそうだなあ」

「楽しいですよお」羨ましがらせるような調子で和雄が言う。

伊良部は乗り気なのか、水着はビキニがいいかトランクスがいいかということまで和雄に相談をもちかけた。おまえがビキニ？　もちろん口には出さず、どちらでもいいんじゃないですかと答えておいた。

その後、いつもの注射タイムがやってきた。毎日注射を打たれるのはさすがに辛いものがあったが、和雄の中では看護婦の太ももと相殺されていた。

針が刺される瞬間は目をそらす。そしてそばに立っている伊良部が身を乗りだすのがわかる。今日は生唾を呑みこむ音が聞こえた。変わり者だと思えば、さして気にもならない。慣れれば牛でも可愛いものだ。

ただ、翌朝、区民体育館の前で伊良部が待っていたのには驚いた。

「えへへ、来ちゃった」

伊良部は片手をひょいとあげると、まるで恋人を追いかけて外国までやって来たＯＬみたいな台詞《せりふ》をはいたのである。

「昨日、あの後デパートにパンツを買いにいってね。トランクスにしましたよ」

伊良部が、頼みもしないのにバッグからそれを取りだして見せる。

「はあ……」

「花柄とかもあったんだけどね」

伊良部の選んだトランクスは蛍光イエローだった。感想が見つからない。

「……ええと、先生、仕事の方はいいんですか」

「うん、大丈夫。午前は休診にしたから。どうせ誰も来ないだろうし」

涼しい顔で言っている。

「……とにかく行きますか」

更衣室で着替えてプールに入った。

和雄は先に泳ぎはじめた。伊良部は伊良部で勝手に泳ぐだろう。

ゆっくりとしたストロークで水をかいていく。キックは一回のストロークにつき二回。この一週間で和雄がつかんだコツだった。キックは推進力というより、尻を浮かせるための補助的な役割だ。そうする方が長距離には向いている。

コース前方の時計に目をやれば、経過時間で泳いだ距離はほぼわかった。和雄は十二分で五百メートルを泳ぐ。だから四十八分で二キロになる。そして都合のよいことに、ここのプールは五十分経つと監視員の合図で一旦休憩をしなければならないシステムだった。九時ちょうどから笛が鳴るまで泳げば、自然と二キロのノルマが達成されるのである。

息継ぎは左右交互に行う。ストローク一回につき一呼吸はせわしなく、二回につき一呼吸は苦しいので、『ターザン』を参考にマスターした。学生時代にもやったことがなかったので、うまくできた日の夜は、仕事中の妻をつかまえて三十分ほど自慢した。

一キロほど泳ぐと疲れを感じなくなってきた。苦しいのは最初の一キロだけで、それを過ぎると身体がらくになるのだ。酸素を取りこむペースが安定するのだろうか。妻の尚美は「二キロもよく泳げるね」と呆れているが、和雄に言わせれば、一キロ泳げるなら二キロは倍ではなく隣り合わせなのだ。たぶん、時間さえ許すなら自分は五キロだって続けて泳げるだろう。

一・五キロ。ますますペースは快調だ。このあたりから不思議な恍惚感がじんわりと湧いてくる。もうすぐ二キロというよろこびなのだろうか、それとももっと別の何かだろうか。この感覚を味わいたくて単調で退屈な前半部分を泳いでいるといっても過言ではない。

そして監視員の笛が室内プールに響きわたる。

泳ぎをやめ、ゆっくりとプールサイドへと歩く。朝イチでも多少の利用客はいて、そのほとんどが和雄に尊敬のまなざしを向けている。ひたすら泳いでいるのは和雄だけなのだ。もっと若い女がいればいいのになと都合のいいことも思う。朝は中高年ばかりだからだ。仕事が暇になったら夜の部にしよう。勤め帰りのＯＬがいたりする。

プールを出ると伊良部が「大森さん、凄いね」と声をかけてきた。伊良部は休み休み泳いでいた。ときどき視線を向けていたが、やはりクロールはできないようで平泳ぎ専門だった。

「慣れですよ。わたしも最初に来たときは二百メートルで息があがってましたから」

和雄がタオルで身体を拭きながら答える。軽く手足をマッサージした。

「ふうん、いいなあ。ねえ、ぼくにも教えてよ」

「いいですよ」お愛想のつもりでうなずいた。

「じゃあ時間延長しようね」

「えっ、いまですか」思わずタオルを落とした。

「うん」伊良部が屈託なく笑っている。

この男は遠慮というものがないのだろうか。そもそも仕事はどうするのだ。

「ええと、わたしの診察もこのあとあるわけですよね」

「そう。でもいいじゃない一時間ぐらい」

結局押しきられ、時間を延長して泳ぐことになった。といっても和雄はもっぱらコーチ役で、伊良部を手取り足取り指導するだけの一時間となったのだが。

「先生、空気は口で吸って鼻から吐くんです」

何度も言うのに伊良部は鼻から水を入れて涙ぐんでいる。

「先生はもともと浮力があるんだから、バタ足なんか軽くやればいいんです」

暗に肥満を指摘してやったのだが、伊良部はそれが天賦の才でもあるかのように満更でもない顔をしている。

「先生、太い首を無理して曲げることはないんです」

最後の方は険のある言い方をしてやった。そのときばかりは、さすがにむっとした表情を浮かべていた。

そうして計二時間の水泳を終え、伊良部の黄緑色のポルシェで一緒に病院へ行った。

車中、伊良部は「水泳っていいね」と上気した顔でしゃべっていた。彼もまた運動のもたらす快感に酔っている様子だった。

どうやら伊良部は自分と同じ道を歩んでいるらしい。和雄は自分の熱中ぶりが正当化されたような気になった。

これから仕事は忙しくなるが、水泳だけはスケジュールから外すつもりはない。もはや三度の食事と同じくらい重要な日課なのだから。


「あなたさあ、疲れてるのなら休めば？」

休日にベッドで臥《ふ》せっている亭主を見て、尚美は浮かない顔で言った。

「大丈夫。帰りにマッサージ受けてくるから」

水泳を始めて二週間を過ぎると、さすがに疲労を感じるようになった。肩や背中がどんよりと重い。磁気絆創膏ではもう間に合わないほどだ。

「そんなに毎日毎日、泳ぐことないじゃない」

「毎日続けることに意義があるの。マラソン・ランナーがどうして練習を休まないか知ってる？　三日休むと元に戻すのに三日かかるからなんだぜ」

「競技会に出るわけでもあるまいし」

「泳ぐと体調がいいの」

それは事実だった。慢性的な下痢を除けば、内臓の違和感はかなり消えている。夜だって寝つきがいい。疲れと体調は必ずしも一致しないのだ。

「それに、疲れが溜まるのはまだフォームにむだがあるってことでさ。もう少しうまくなれば――」

「ねえ、ランナーズ・ハイって知ってる?」尚美が遮るように言った。「長く走ってると、脳にエンドルフィンが分泌されて気持ちよくなるって現象」

「ああ、知ってるよ」

聞いたことはあった。いわゆる脳内麻薬というやつだ。

「それなんじゃない、あなたの水泳中毒は」

「中毒って言い方はないだろう」少しむっとした。

「だってハタから見てるとそうなんだもん。健康のためなら一日おきだっていいわけでしょ。それに疲れてたら休むのがふつうだし」

「一日一回、息がきれるくらいの運動をするのが理想なの」

「理想は理想でしょう。刑務所だって運動は週に一回だっていうし」

「あのなあ」

どういうたとえをするのだうちの妻は。

「人間はもっといいかげんに生きた方がいいの。あなた独身時代は賞味期限の切れた牛乳飲んで平気な人だったじゃない」

「昔の話をするんじゃないの。若いときは胃腸にだって神の御加護があったんだよ。歳をとりゃあ神様だって――」

そのとき居間の電話が鳴った。妻が寝室を去る。少しして「お友だちよ」と言って戻ってきた。

「誰?」

「わかんない。『和雄君、いますか』だって。まるで小学生みたい」

コードレスの受話器を渡され、耳にあてると伊良部の声が聞こえてきた。今日はヒマ? と訊かれ、ええとなにげなく答える。

「ねえ、大森さん。豊島園のプールに行ってみない?」

耳を疑った。中年の男二人で遊園地のプールだと。

「あそこ、流れるプールがあってさあ、けっこうらくに泳げるんだよね。ほら、有酸素運動は距離や回数より時間だから、その方が効果的だと思ってさ。休憩も自由だろうし」

「ええと……」和雄が返答につまる。「流れるプール、ですか」

伊良部はあの日以来、水泳のとりこになっていた。毎朝、区民体育館で和雄と一緒に泳ぎ、二人で病院へ行くというパターンが連日続いているのだ。

「そう。一周四百メートルくらいだって」

「子供がうるさくないですか。日曜の豊島園っていったら……」

「大丈夫、大丈夫。天気予報を聞いたら今日は午後から小雨がぱらつくんだって。梅雨明けはまだだし、肌寒いし、空いてると思うよ」

伊良部が明るい声で言っている。

「駅まで車で迎えに行くからさ。じゃあ三十分後ね」

「あ……」

電話を切られてしまった。受話器を手にしたまま、和雄は一人眉間にしわを寄せる。

「友だちができてよかったじゃない」電話の相手を察したらしく、尚美が薄い笑みを浮かべていた。「豊島園だって。素敵な休日になりそうね」

せめて男二人は避けたいと思い、尚美に同伴をせがむ。

「いやに決まってるでしょう」冷たく断られた。

仕方なく駅まで行くと、伊良部は黄緑色のポルシェで現れた。グッチのサングラスをしている。

雲が低く垂れ込める空をウインドウ越しに見上げながら、お願いですから知り合いに会いませんようにと和雄は祈った。

もっともその心配は杞憂に終わった。雨は午後から本降りになり、広いプールはほとんど客がいない状態だったのである。

「大森さん、貸し切りみたいだね」伊良部が平泳ぎをしながらはしゃいでいた。

和雄は聞こえないふりをしてひたすら泳いだ。

ただ、ターンをしないで済むのは助かるのだが、区民プール同様休憩時間は定められていて、長時間自由に泳げるということはなかった。

じゃあなにしに来たのよ。泳ぎながら憮然とする。

雨が水面を打つ中、和雄は黙々とクロールのストロークを続けていた。

3

やはり疲労は一過性のもののようだった。距離ではなく時間だということを頭で意識すると、フォームはますますゆったりとしたものになり、和雄はほとんど歩く感覚で泳げるようになったのである。

仕事も効率がよくなった。毎朝九時から泳ぐことを決めているので、深夜に及ぶ残業は避けたい。そのために和雄はむだな打ち合わせを省き、メールやファックスで済むものはすべて会わずに済ませることにした。

編集部での無駄話にも加わらなくなった。だらだらと会社に居続ける同僚を馬鹿だと思った。ましてや付き合いと称して毎夜飲み歩く連中など、哀れなシーラカンスに見えた。時間はいくらでも作れるのだ。

そうなると、会社帰りにも軽く泳ぎたくなった。

仕事を終え、帰り支度をしていると、どうも背中のあたりがウズウズするのである。

さすがにマズイかなとは思った。尚美が知ったら中毒だと色をなすことだろう。自分としても内心忸怩《じくじ》たるものはある。

けれど伊良部に相談したらその迷いもとれた。

「あ、ぼくはもう夜も泳いでる」彼はシレッと言った。「身体が求めてるんだもん。しょうがないじゃん」

精神医学の先達、森田某の療法によると、「なすがままに」するのが人間はいちばんいいのだそうだ。

なんでも伊良部は病院の近くに別のプールを確保して、夜はそこで泳いでいるらしい。

「同じプールに一日に二回行くっていうのも恥ずかしいしね」

こんな台詞が伊良部の口から出るとは思ってもみなかったが、勇気づけられたのは事実だった。

和雄は都内地図を広げ、会社の近くでプールを探した。

都合のよいことに、会社から歩いていける距離に、午後七時から九時まで一般開放している学校のプールがあった。これなら忙しいときでも「晩飯を食べてくる」と抜けだして泳ぐことができる。

近くにいつでも泳げるプールがある。そのことだけでも和雄の胸は膨らむのだった。

そしてその日は自然にやってきた。

スタジオ撮影が予定より早く片づき、午後七時前に自由の身となった。たまには早く家に帰ろうかなとも思ったが、身体の中で、夜も泳いでみたいという誘惑が湧きおこった。たぶん梅雨の中休みという天候もあったのだろう。ビヤガーデンが繁盛しそうな夏の宵だった。

和雄は早々に会社のタイムカードを押すと、給湯室に干してあるパンツとタオルをバッグにしまった。

どんなところか覗いてみよう。そんな言い訳も自分にしてみた。軽く水に浸かるだけでもいいし――。

行ってみると、中学校の体育館とは思えないほどの立派でしゃれた建物だった。入場券を買うのに躊躇《ちゆうちよ》はなかった。

街中ということもあって地元のプールよりも空いていた。うれしいことに少ない利用客の大半は仕事を終えたＯＬたちだった。

この穴場を、会社の連中には教えるまいとほくそ笑んだ。

ＯＬたちは隅のコースで水中ウォーキングをしていた。その横を、和雄だけが滑らかなフォームで泳いでいる。休むことなく、何度もターンをして。

いっぱしのアスリート気分だった。みんなの注目を浴びている気がした。

疲れなどまるでなかった。むしろ午前に泳いだときより身体が軽いくらいだ。

一キロを過ぎたあたりから、周りの音が聞こえなくなった。

いや、この言い方は正確ではない。人の話し声などの雑音は耳に入らず、水の音だけが静かに響いているのだ。いつものことだが、この夜はなおさらだった。

一・五キロを過ぎると、今度はじわじわと気持ちがよくなる。紙にインクが滲むように、何かが脳に染みていく。さらに万能感が湧いてくる。これが妻の言っていたエンドルフィンなのだろうか。もっともどうでもいいことだ。酒を飲むよりはずっと健康的なのだし。

そして監視員の笛が鳴る。この音ばかりは鋭利に耳に飛びこんでくる。

結局、和雄は夜も二キロを泳いでしまった。

プールサイドで整理体操をしていると、若いOLの一人が、ちらり尊敬のまなざしを和雄に投げかけた。気のせいだとは思わなかった。確かに温度のこもった目で、自分を見たのだ。

どうだおまえの会社の上司とはちがうだろう――。心の中でつぶやいていた。

一パーセントほどの疚《やま》しさはあった。とうとう一日に二回泳いでしまった、と。

けれど九十九パーセントは満足感だった。

帰りの電車の中、疲れ顔のサラリーマンや酔客が、惰性で生きている程度の低い人間に見えた。


「ねえ、ひとつ訊いていい?」

夜、ソファに転がって『ターザン』の水泳特集号をおさらいしていると、尚美が紅茶を二人分持ってやってきた。

「うん、なに?」和雄が身体を起こし、紅茶にレモンを浸す。

「体調はどうなの」

「いいよ」砂糖はスプーン半分だけにした。

「だったら、どうして毎日通院してるわけ」

「それは……。体調がいいって言っても、まだ下痢はあるし、おなかが少し張った感じもするし」

「じゃあそれは体調が悪いってことじゃない」尚美が口をすぼめて言う。

「そうじゃないさ。快方には向かってるんだから。自律神経の調整中ってところなんだよ」

「ふうん」尚美は納得がいかないという顔で紅茶を飲んでいる。

点《つ》けっぱなしにしてあったテレビでは、タレントたちが甲高い声でわめいていた。どっちの料理を食べたいとか、くだらない騒ぎを繰りひろげている。

紅茶を飲み干したので、和雄はまたソファに寝転んだ。

「ねえ」尚美がぽつりと言った。「水泳、いつまで続けるの」

「ずっとさ」

「たまには休んだら」

「前にも言ったじゃない。休んだら次に泳ぐとき苦しくなるって」

「いいじゃない、それでも。毎日二キロ泳ぐ必要なんてどこにもないんだから」

「おれは泳ぎたいの」

「休むと罪悪感が湧く？」

「そんなことないさ」意地悪く聞こえたので、少しむきになって答えた。

「わたし、本で読んだんだけど……」尚美がソファにもたれ、手を頭の上に伸ばす。「毎日ジョギングとか、水泳とか、エアロビクスとかの運動を続けていると、いつの間にかそれが生きがいになっちゃうんだって」尚美は天井を見たまましゃべっていた。「だから運動しないと精神の安定が保てなくなって、何かのアクシデントで運動できなくなると、まるで家族に死なれたような喪失感を味わうんだって」

なにを大袈裟なと思う。反論するのも面倒臭かった。

「ずっと一日二回走ってきたランナーがね、あるとき膝を怪我して走れなくなったの。そしたら、そのランナー、鬱病になって自殺したの」

「あのねえ」

「あなたはそんなことないと思うけど」

「当たり前だろう」

「でも、今のあなたって、その兆候があるような気がする。酒を飲むよりましだろうって言うけど、わたし、変わらないと思うな。何かに依存してるっていう点においては」

「依存って言い方はないだろう」

「だってほんとだもん」

肚《はら》がたったので寝返りをうち、尚美に背を向けた。

「あなた、この何週間か体調を崩してるけど、わたしその原因わかってる」

返事をしなかった。雑誌を読むふりをした。

「長年にわたって積み重ねられてきたものだと思う」

姿勢的に無理があったが、意地でもその格好を通した。

「三十を過ぎてから自分にうぬぼれるようになったのよ。男ってどこかそういうところがあるのよね。若造扱いされなくなると、逆に変な自信持っちゃって……。会社の話を聞いていても、あの部署の誰某《だれそれ》は馬鹿だとか、あの担当者は無能だとか、そんなことばかり言って。二十代のころはそうじゃなかったのに、部下を持つようになってからは、他人にやたらときびしくなって。おれがやらなきゃ誰がやるって顔して……。一度、うちに遊びに来た部下の佐藤君がミスしたとき、あいつはもう見込がないなんて冷たいこと言ってたでしょう。叱るのも時間のむだだって。でも、人間関係ってそういうものじゃないし、仕事って助けあってするものだし——」

「うるさい」とがった声を発した。さすがに感情を害した。

夫婦の間にしばらく沈黙が流れる。

「まったくもう……」尚美がため息まじりに口を開いた。「三十八にもなって、許せないことが多いんだから」

かっとなり、振り向きざま雑誌を投げつけた。壁に当たった。尚美が顔色を変えて立ちあがる。

「なによ、あぶないじゃない」きんきん声だった。

「うるさいんだよ、おまえは」

「あっ、『おまえ』って言った」

「言ったがどうした」和雄も声を荒らげている。

「結婚前から約束してたじゃない。『おまえ』なんて言い方はしないって。わたしはねえ、女をおまえ呼ばわりするような男、大っ嫌いなんだから」

「嫌いで結構だよ」顎を突きだして吠えた。

尚美の投げたクッションが和雄の顔に命中した。何か言おうとしたら、今度はティッシュの箱が飛んできた。それも顔に当たる。

「痛いだろう」涙目で見ると、尚美は手に置き時計を持っていた。

思いだした。うちの妻は怒らせると怖いのだ。激高すると、なんでも手あたりしだい投げつける性癖があるのだ。

あわてて居間を抜けだし、風呂場に逃げこんだ。鍵をおろす。

尚美が追いかけてきた。しばらくスライド式のドアをバタバタたたいていた。

「あなた、そういうことなら出てこなくていいからね。今夜は寝室にも入れないからね」冷たい声が脱衣場から聞こえた。「水があるところでよかったじゃない。一生泳いでればいいのよ」

無情にも電気が消された。

和雄は風呂場のマットに尻餅をつく。このぶんだとしばらく朝ご飯は作ってくれないなと、なんだか我が身が情けなくなった。


尚美に非難されたものの、和雄の水泳が止まることはなかった。

もはや一日二回がスタンダードになりつつあった。やりくりすれば、時間など本当になんとかなるのである。二回泳ぐ方が体調もよかった。

そして、さらに新たな欲求も湧いてきた。

それはもっと長時間を一度に泳いでみたいという願いだった。

この国のプールは、厚生労働省だか文部科学省だかの指導で、利用者に休憩を与えることが決まっていた。どこのプールも一時間のうち十分はその休憩にあてられ、つまり五十分以上は続けて泳げないのである。以前行った豊島園ですらそうなのだから、日本全国のプールが右に倣《なら》えをしているのだろう。

私立も覗いてみたが、どこもスクール優先だった。自由に泳げるのは二コースほどで、しかも混んでいた。同じペースで長時間泳ぐのは無理だと思った。

一度、監視員の男に「ぼくだけ泳いでちゃダメ?」と訊いたら、「規則ですので」と無表情にはねつけられた。

まったくこの管理主義国家が。和雄は海にでも出かけたい気分だ。

和雄にとってはペース上、二キロという距離が幸福感への入り口だった。一キロまでは単調で楽しくもなんともない。それを過ぎると苦しさが消え、一・五キロを過ぎたあたりから今度は高揚した気分になってくる。それが徐々に高まってくるころ、監視員の笛によって強制的に中断させられるのだ。

もしも二時間でも三時間でも続けて泳げたら、その先にはどんな快感が待っているのだろう――。それを考えると、笛の音が恨めしくて仕方がないのである。

伊良部もまったく同じ思いを抱いているようだった。

「そうそう。休憩なんて個人の裁量に任せればいいのにね」

伊良部も一日二回のコースにすっかりはまっていた。なんでも三カ所目のプールも開拓し、ローテーションしながら泳いでいるらしい。

「五十分っていうのが、ちょうど脳にエンドルフィンが分泌されはじめる時間帯なんだよね」

そう言って自分の頭を撫でている。

「あ、うちの妻も言ってました。そのエンドルフィンってやつ」と和雄。

「人間の脳ってさあ、いざとなったら苦しみから解き放つ装置が備わってるわけ。それがエンドルフィンで、つまり神の情けみたいなもんだよね。ぼくはまだその経験がないんだけど、首を絞められて殺されたとするじゃない。そのときは、最初は苦しくても死ぬ間際になったらエンドルフィンが気持ちよくしてくれるはずなんだよね」

「ほほう」

「したがって苦しみながら死ぬっていうケースはないわけ」

「へー」さすがは医者だと感心した。

「だと思うんだけど」

前につんのめりそうになった。

「でもさあ、泳いでみたいよね。いっそのこと五時間ぐらい。エンドルフィンを出しまくって」

「それって人体に害はないんですか」

「全然」

勇気づけられた。それみたことかと尚美に言いたかった。

「海へ行くなんてのはどうですかね」と和雄。

「足がつかないのは怖いじゃない」

「まあ、そうですけど」

「やっぱりプールがいいよ。波もないし、サメも出ないし」

なるほどサメはいやだ。クラゲだっていやだ。

「どこかに好きなだけ泳がせてくれるプールはないもんですかねえ」和雄は腕を組んで小さく息をはいた。「先生、医者の知り合いで庭に二十五メートル・プールがある人とかっていないんですか」

「うなぎの養殖場を持ってる知り合いならいるけどね」

うなぎに混じって泳ぐ自分を想像して顔をしかめた。

「でも、深夜ならいくらでも泳げるんじゃないかな」

伊良部が妙なことを口にした。なんのことかと和雄が訝る。

「監視員がいないし」

「えっ」耳を疑った。「それって、どういうことですか……」

「忍びこむんじゃない。夜中に」伊良部は平然としゃべっている。

「いや、それはいくらなんでも……」

「いつもの区民体育館ってさあ、べつに宿直がいたりはしないよね」

「そりゃあいないでしょうけど」

「金目のものがあるわけじゃないから、警備会社とも契約はしてないだろうし」

「それはそうですけど……」まじまじと伊良部の顔を見る。「先生、やるんですか」

「どうしようかと思ってるんだけどね」

「それはやめた方が……」

「大森さんが付き合ってくれるんなら今夜にでも決行するんだけど」

「いいや、わたしは」あわててかぶりを振った。「だって、捕まれば建造物不法侵入でしょう」

「捕まらないよ、そんなもの。仮にトイレの窓を割って侵入したとしても、事務室が荒らされてるわけでもないから、職員だって『ああ、どこかのワルガキが割ったんだ』ぐらいにしか思わないでしょう」

「うーん」和雄が唸る。確かにそれは一理あった。

「どう、大森さん。午前零時に侵入して朝の五時まで、ぶっ続けで泳いでみない？」

「いやあ、しかし……」

さすがにその勇気はなかった。一線を踏み越えてしまいそうな気もする。

「じゃあ、考えといてよ。ぼくはいつでもいいから」

「はあ……」

そしてその日も注射を打たれた。看護婦が太ももをあらわにし、和雄の左腕に消毒液を塗る。

針が皮膚に近づくと、同じように伊良部も顔をかぶせてきた。

いつもなら目をそらすのに、なぜか今日はちらりと伊良部に視線がいった。

伊良部は顔を紅潮させていた。眼をらんらんと輝かせ、生唾を呑みこんでいた。

なんだこの男は――。いまさらのように変なやつだと思った。

注射のあと腕をさすりながら、和雄は、不法侵入の件だけは話に乗るまいと自分に言い聞かせた。

誰にも邪魔されずぶっ続けで泳ぐというのは、いかにも魅力的な提案なのだけれど。

4

雑誌の校了日になって、和雄の身体は再び変調をきたしはじめた。仕事中に突然、胸の動悸を覚えたり、下腹部が痛くなったりしたのだ。今度は腕の様子もおかしかった。肘《ひじ》から先が妙にくすぐったくて、力を込めていないと震えそうだった。

原因はわかっていた。さすがに校了前となると自分の時間を確保するのは不可能だった。二日続けての泊まりこみを余儀なくされ、その間泳いでいないのだ。

和雄は、今夜だけの我慢だと自分に言い聞かせた。朝になればいやおうなく校了のリミットがやってきて、その後はしばらく仕事から解放されるのだ。

まずは家に帰って夕方まで寝よう。そして体力を蓄えプールへ行くのだ。そのときは嚙みしめるように泳ごう。二キロを二セットだ。続けて泳げないのは不満だが、そこまで贅沢も言っていられない。いつか休憩時間がなくて空いているプールを探せばいい。東京は広いのだから、探せばきっと見つかるはずだ。

いざとなったらドーバー海峡でも渡ろう。そのときは「本誌編集部員、ドーバー海峡に挑む」という企画を通し、会社の金で行ってやる。主婦向け雑誌だろうが育児雑誌だろうが通すと言ったら通す。自分にはそれくらいの功績が会社に対してあるはずだ。

和雄はおなかに力を入れて身体の不調に耐えた。さいわいなことに周囲には気づかれていない。額に滲む脂汗は、そのつどハンカチで拭った。込みあげてくる説明のつかない不安感は口の中でかみ殺した。

「大森さん、すいません」部下の佐藤が横にやってきた。

「なんだ」なに食わぬ顔で返事する。佐藤の表情は硬かった。

「実は、リサイクル店ガイドのマップが上がってません」

「嘘だろう」

「すいません」佐藤が頭を下げている。「校了時に添付するつもりだったんですが、版下屋さんに発注してなかったんです」

「どういうことよ」顔をしかめて聞いた。

「編集プロダクションに一括で頼んだつもりが、向こうはこっちがやると思ったみたいで」

「おまえは何様だ。完全版下で納入させるつもりだったのか」

「すいません」

時計を見ると午後九時を回っていた。和雄は両手で頭を抱えた。担当の折りだから、最後は自分がチェックしなくてはならない。明朝までに間に合うのだろうか。

「とりあえず文字部分の写植だけでも発注しろ」

「それは手配しました。無理を言って今夜中には。問題はイラストなんですが、あちこちあたったんですが、誰も……」

「いないのか」

「はい」佐藤がしおれている。「大森さんの奥さん、頼めないですかね」

「張っ倒すぞ、この野郎。人の女房なんかあてにするんじゃねえ」

「すいません」

「いったい何点だ。描きおこさなきゃならないマップは」

「七十五点です」

泣きたくなった。ただでさえ読まなければならないゲラがいっぱいあるのに。

「デザイン部へ行ってロットリングとケント紙かっぱらってこい。おれが描く。もうこうなりゃあ線が曲がってなきゃいいだろう」

「そうですね」

「おまえが言うな」思わず声を荒らげていた。

佐藤を写植屋に張りつかせ、自分は定規とロットリングを手にした。

震えそうな手をなんとかこらえ、一点一点仕上げていく。原寸で描くわけにはいかないので、縦横の比率を計算する作業も必要だった。

途中、数回下痢が襲ってきた。そのつど作業を中断し、和雄はトイレへ駆けこんだ。佐藤が写植屋から戻ってきて、和雄が描いたマップに文字を張っていった。この期《ご》に及んで誤植が発見されたりした。おまえちゃんとその場で校正しろよと怒鳴りつけたが、佐藤はすいませんを繰りかえすばかりだった。仕方がないので前号の版下を引っぱり出し、同じ文字を探したりした。

夜が明けるのはあっという間だった。

ほかの班は校了を終え、始発が動くのを待って帰っていた。編集長にはマップのない状態で目を通してもらい、「あとはぼくが責任をもって校了しますから」と言って追い払った。佐藤も帰した。一人の方がずっと仕事がはかどると思った。

担当ページが校了したのは午前九時だった。校了紙を抱えタクシーで印刷所へと飛ばした。精も根も尽きはてるとはこのことかと思った。内臓全体が別の生き物のようにグルグルとうねっている。気分が悪くなり、印刷所のトイレで吐いた。胃袋になにも入っていなかったため、出るのは酸っぱい胃液ばかりだった。

帰りの電車で、和雄は喉の奥から込みあげてくる不安感と戦っていた。じっとしていると叫びだしてしまいそうなので、車内を前へ後ろへと歩きまわった。

自宅最寄り駅より二つ手前で降り、伊良部総合病院へと向かった。何時間も前から、そうすることは決めていた。自分をわかってくれるのは伊良部しかいないと思った。

「やあ、大森さん。久しぶり」

伊良部はいつもと変わらぬのんびりした口調で迎えいれてくれた。三日会わなかっただけなのに、三年ぶりのような気がした。うれしくて抱きつきたくなった。情けないことに目に涙が滲んだ。

「どうしたの。花粉症?」

おい、もう夏だろうが。でも彼の存在自体がありがたかった。

「先生、実はね……」

和雄はこの三日間、会社に缶詰だったこと、その間泳ぐことができなかったこと、部下に佐藤という馬鹿がいてエライ目に遭ったことなどをいっきにまくしたてた。口が勝手に動いていた。言葉がいくらでも溢れてできた。

体調が最悪であることも訴えた。内臓が学級崩壊だとおなかを抱えこみ、おくびを吐いてみせた。

「大丈夫だよ。すぐに治るから」伊良部は何事でもないように言った。

「そうなんですか」本当に抱きつこうかと思った。

「うん。だってそれって典型的な禁断症状だもん」

「禁断症状?」

「そう。泳がなかったことが原因。ぼくも大森さんも、もう泳がないと体調が維持できない身体になってるんだよね。だから今夜泳げば元に戻るよ」

「……それって、まずくないんですか」

「全然」平然と言い放っている。

「いや、でも、全然ってことは……」

「アルコール依存症じゃないだけラッキーだと思わなきゃ。酒だと内臓がやられちゃうでしょ。でも水泳だと身体が引き締まるし、血行もよくなるし、とくに不都合はないじゃない」

「はあ……」

「会社依存症とかボランティア依存症だとか無農薬野菜依存症とか、人間にはいろいろな依存症があるけど、水泳なんてのはもっとも害がないんじゃないかな」

「いや、その、できるなら、どんなものでも依存症は避けたいんですが……」

「大丈夫だって。そのうち飽きるよ」呑気に笑っていた。「心身症なんてのは神の采配なんだから、自分じゃ抗《あらが》わないこと。『なすがままに』がいちばんなんだから」

「飽きます、かね」

「飽きる、飽きる。あっはっは」

納得はできないが、慰められたのは事実だった。伊良部はいい精神科医なのかもしれない。そんなことを思いはじめた。少なくとも、自分の心を落ちつかせてくれるのだから。

「ところでさあ」伊良部が声をひそめて言った。「今夜あたり、プールに忍びこもうと思ってるんだけど、大森さんもどう？　午前零時、区民体育館前」

「ほんとにやるんですか」

「うん。やっぱり五時間ぐらい続けて泳いでみたいじゃない」

「いや、でも、ぼくは……」

和雄が答えに詰まる。

「そう言うと思った。大森さん、けっこう常識的だもんね」

なんだか気の小ささをからかわれているような気がした。

「だったらぼく一人でやるけどさ」

たいした度胸だ。

「ただ、大森さんにひとつだけ協力してほしいことがあってさ」伊良部が身を乗りだす。和雄も背中を曲げ、耳を傾けた。「あの区民体育館って裏にトイレの窓があるわけ。最初はその窓を割って入ればいいだろうと思ってたんだけど、できることなら器物破損は避けたいじゃない」

「ええ」

「今夜、大森さんはプールに行くわけでしょ。そのとき、トイレの窓の鍵をドライバーを使って外しておいてくれないかなあ」

「トイレの窓の鍵を、ですか」

「そう。回転式のフックの部分がドライバーで簡単に外れるようになってるから。それを外して持ち帰っちゃってよ」

「はあ……」

「閉館するとき施錠の確認はするんだろうけど、壊れてたらたぶんそのままにしておくと思うんだ。なにもあわてて修理屋を呼ぶことないじゃん。たかが体育館なんだから」

「そうですね」

「ね、頼むよ」

「わかりました」

自分でも意外なほどすらりと出た返事だった。軽犯罪とはいえ、不法侵入のお先棒をかつぐことにほとんど抵抗はなかった。それどころか伊良部を尊敬すらしていた。

この男は今夜、誰にも邪魔されることなく、心ゆくまで泳ぎきるのだ。

たぶんエンドルフィンが分泌されまくることだろう。

自分がそのとば口しか知らない幸福の世界へ、伊良部は足を踏みいれるのだ。

「じゃあ、注射、打とうか」

伊良部に促され、場所を移動した。

「あ、先生。なんか眠れそうにないんですが」和雄が言う。身体が疲れ過ぎて睡魔がやってこない気がしたのだ。

「じゃあ、精神安定剤をあげるから、ここで飲んで」二錠渡され、口に含んだ。「家に着くころには効くよ」

注射台に左腕を乗せ、全身の力を抜いた。

看護婦が腕に消毒液を塗るのを眺めながら、これから自分はどうなるのだろうと思った。健康だった日々は戻るのだろうか。何度も吐息が漏れた。

看護婦が太ももを剝きだしにして屈みこみ、注射器を腕に刺した。

前回と同じく、今日もそのままぼんやりと見ていた。

伊良部が覆いかぶさるようにして顔を近づける。額は真っ赤で、頰はかすかに痙攣《けいれん》していた。興奮している様子がありありとわかった。

そうか、そうだったのか。

やっとわかった。伊良部は注射フェチだったのだ。

針が皮膚を刺す瞬間に、エクスタシーを覚える男なのだ。

けれど、だまされたとも思わなかった。好きなようにしてくれと和雄は乾いた気持ちでいた。

遠慮するのが馬鹿らしくなり、看護婦の太ももを凝視した。付け根のあたりに「watch it」と書かれた小さなシールが貼ってあった。顔をあげる。初めて看護婦がニンマリとほほ笑んだ。

露出狂か？　揃いも揃ってここの神経科は——。

精神安定剤が効いたらしく、帰りの車中、すでに意識がかすんでいた。

昼前に自宅に着くと、和雄は自分で和室に布団を敷き、そこに倒れこんだ。尚美とは夫婦喧嘩以来、別々に寝ている。

暗闇にゆらゆらと落ちていくような快感があった。

気がつくと、部屋は真っ暗だった。目を凝らし、天井を見る。今はいつで自分がどこにいるのかもよくわからなかった。

和雄は頭を働かせようとする。ああそうか、校了明けで家に帰ってきたのだ。てのひらで顔をこすり、しばらくそのままでいた。時間の感覚がうまくつかめなかった。眠りから覚めたのはわかったが、どれくらい寝ていたのかは見当もつかないのだ。ただ熟睡感はあった。こんなに深く眠ったのはいったいいつ以来だろう。

首を曲げ、窓を見る。カーテンからは光らしきものが一切見えない。音も聞こえなかった。テレビの音も、キッチンの音も。

布団をかぶったまま俯せになり、腕時計を探した。すぐ枕元にあり、手にとって文字盤を見た。

十一時半をさしていた。もちろん夜のだろう。

はっとした。プールはもうとっくに終わっている。

あわてて跳ね起きた。伊良部との約束を果たせなかったのだ。

なんてこったい。おれは十二時間も続けて寝てしまったのか。

布団の上でしゃがみこみ、大きく息をついた。

しまったな。目覚ましをかけなかったことを悔いた。いや、こんなに寝てしまうとは思ってもみなかったのだ。

伊良部を裏切ってしまった。彼はトイレの窓が開かないことに焦っていることだろう。自分に対して怒っているかもしれない。

まてよ……。まだはっきりしない頭を覚醒させようとした。伊良部は自分を誘ったとき、午前零時に待ちあわせようと言っていた。ということは、伊良部はその時間に忍びこもうとしているのかもしれない。

だったら間に合う。これから区民体育館へ行けば、伊良部を捕まえることができる。今日のことはそこで謝ればいい。明日は必ず鍵を外しておくからと。

和雄は立ちあがると、ズボンを穿いた。ポロシャツに袖を通し、時計をはめた。

そしてスポーツバッグを手にとった。水泳用具一式が詰まった、いつものバッグを。

一瞬、自分が何をしようとしているのかわからなかった。

おれはバッグを持ってどうするのだ？　でもそのままマンションを出た。

深夜の住宅街を和雄は走った。

内臓のうごめくような違和感は収まっていた。やけに体も軽い。十二時間前に青くなっていたのが嘘のようだった。

これならいくらでも泳げると思った。

えっ？　立ち止まった。そんなことを、たとえ一瞬でも思った自分に驚いた。

まさか、自分にそんなことが……。

とにかく先を急ごう。和雄は再び走りだす。今は伊良部に会うことが先決だ。

区民体育館に到着すると伊良部の姿はなかった。青白い外灯が、静かに建物のエントランス付近を照らしだしている。

もう帰ったのか。一人肩を落とす。

そのとき野太い車の排気音が聞こえた。ポルシェのそれだとすぐにわかった。黄緑色のポルシェが、まるで巨大な蛙のような威容を体育館前に現した。

「やあ、大森さん。来たの」窓から伊良部が笑顔をのぞかせる。「うれしいなあ」屈託なく笑っていた。

「いや、実はですね」

和雄が駆けより、事情を話した。しおらしく頭も下げた。

「なんだ、そんなことか」伊良部は鷹揚《おうよう》だった。「しょうがないよ、安定剤に慣れてない人は薬が効きすぎるからね」

なんて心の広い男だろうと思った。この人にならついていってもいいと思った。

「じゃあ、申し訳ないけど、ガラス割っちゃおうか」

「えっ？」

「車の工具箱、探せばスパナあるしさ」

「あの、出直すんじゃ……」

「またまたあ、そんなこと言って。大森さんだって用意してきてるじゃない」

伊良部は和雄のバッグを指さした。

「いや、これは……」返答に詰まる。

「ほらほら、時間がもったいないからさっさとやるよ」

伊良部はポルシェのトランクを開けると、スパナを取りだし、体育館の裏手に歩いていった。まるで魅入られたように和雄がそのあとに続く。

これでいいのか？　おれは不法侵入の罪を犯すのか？　うまく働かない頭のまま、和雄は自問自答した。

しかし一方では喉の奥がうずいていた。この先には無人のプールがある。朝まで誰にも邪魔されず、好きなだけ泳げる無人のプールが。

五時間続けて泳いだら、自分はいったいどうなるのだろう。これまで、ほんの少ししか味わえなかったあの至福の感覚を、思う存分味わうことができる――。

トイレの窓の前に立つと、伊良部はすぐさまスパナを振りおろし、ガラスを割った。甲高い音が闇夜にこだまする。この男には迷いというものがまったくなかった。ちょうどＣＤ一枚分ほどの穴がきれいに空いた。

伊良部は穴に腕を差しいれると鍵を外し、窓を開けた。

「あっ、車に脚立《きゃたつ》忘れちゃったなあ。まあいいか」伊良部の口調に緊張の色合いはまるでなかった。「じゃあ悪いけど、大森さん、踏み台になってくれる」

和雄はいいなりだった。地面に跪《ひざまず》くと両手をつき、伊良部が乗るのを待った。

伊良部が足を乗せる。重かった。象にでも踏まれたような圧迫感に顔が歪む。

「あれ。思ったより、この窓小さいな」

伊良部は頭から入ろうとしていた。背中に激痛が走る。伊良部がジャンプしたのだ。和雄はその場に転がった。視界に銀粉が舞う。しばらく痛みがひかず、うずくまっていた。うめき声をあげた。うん？　いや、これは自分の声ではない。

はっとして顔をあげた。

大きな尻が見えた。窓枠にすっぽりとはまっている。

「ううっ」伊良部がうめきながら、足をばたつかせていた。

「先生、大丈夫ですか」和雄は立ちあがり、声をかけた。

「ちょっと、押してくれる」

「あ、はい」

和雄は懸命に尻を押した。けれどびくともしない。すでに窓枠が、伊良部の尻の肉に食いこんでいるのだ。

今度は引いてみた。それでもびくともしない。どうしようかと考え、やっぱり引く方を選んだ。仮に押しこんだとしても、また出るのにひと苦労なのだ。今夜は中止だ。出直した方が絶対にいい。

「ひっひっひ」伊良部が笑っていた。

どういう神経なのだ、こんな非常時に笑いだすとは。和雄は体勢を整え、体重をかけて伊良部の足を引っぱった。

「ひっひっひ」まだ笑っている。

いや、そうじゃない。引くのをやめ、耳を澄ませた。

「ううう、ひっく、ひっく」

しゃくりあげていた。伊良部はベソをかいていたのだ。

なんなのだ、この男は。さっきまでの怖いもの知らずの猛進ぶりはどこへいったのだ。

「先生、どうしたんですか」

「おかあさんに叱られる」

おかあさんって……。和雄は絶句した。それどころじゃないだろう。朝になれば警察に捕まるのだ。こっちだって共犯で捕まってしまうのだ。会社はどうなる。家庭はどうなる。尚美は絶対に実家に帰るぞ。

和雄は壁に足をつくと、今度は腕を伸ばし、窓のわずかな透き間から伊良部のズボンのベルトをつかんだ。

ひとつ深呼吸してから手と足に力をこめた。

次の瞬間、バックルが弾け飛ぶ。ベルトを壊しただけだった。

和雄は腰に手をあて、その場にたたずんでいた。何度もため息をついた。

「大森さん」伊良部が弱々しく言った。「置いて帰っちゃやだからね」

「帰りませんよ。あんたが捕まったらおれだってマズイことになるんだから」

先生とは呼ばなかった。ついさっきまで、この人にならついていこうと思っていたのに。

「次は玄関のガラス割ろうね」

「何を言ってるんですか、あんたは」和雄は髪を掻《か》きむしった。

次などあってたまるものか。壁に手をついて、和雄はかぶりを振った。そもそもこの計画は発想の時点でまちがっていたのだ。今夜、無人のプールで五時間泳いだとしても、その一回で欲求が満たされるわけではない。二回目を求めるに決まっているのだ。自分がはまったのは麻薬と同じ世界だ。エスカレートしていくだけなのだ。どうしてこんな当たり前のことに今まで気づかなかったのか。

そのとき遠くでサイレンが鳴った。パトカーのサイレンだ。

背筋が凍りつき、身体ががたがたと震えた。誰かの通報があったのか。

その音が次第に大きくなってきた。心臓が早鐘を打つ。

会社、近所、妻、頭の中でそれらの言葉がぐるぐる回った。

もうだめだ。おれは新聞に載ってしまう。深夜にプールに忍び込もうとした異常な中年男として。こんな滑稽な話、マスコミが放っておくわけがない。

そうだ、これは滑稽な話なのだ。

逃げたいのに足が動かなかった。伊良部は必死でもがいている。

すぐ先の街道をパトカーは通り過ぎていった。

えっ？　音の方向に耳を向ける。確かにパトカーは遠ざかっていった。

途端に全身から力が抜け、和雄はその場にへたりこんだ。

助かった。驚かせやがって……。大きく息をつき、髪をかきあげた。ほんとに、なんておれは馬鹿げたことをしているのか。

気がつくと、てのひらにびっしょりと汗をかいていた。ゆっくりと立ちあがる。

「大森さあん」

「うるさい、黙ってろ」

和雄は伊良部の尻をピシャリとたたいた。

まだ心臓が高鳴っている。緊張の余韻を振りはらうように肩を回した。

よし、骨がはさまっているわけではない。問題は肉なのだ。指輪を外す要領でいけばなんとかなるはずだ。

和雄は月明かりを頼りに目を凝らした。周辺を歩く。水が欲しかった。体育施設だから外に足洗い場くらいはあるはずだ。

ほどなくして見つけた。都合のいいことに巻かれたホースがあった。粗雑な棚があり、そこにはクレンザーまで置いてあった。コンクリート部分を磨くためのものだろう。上等だ。伊良部の尻など牛か象なのだから。

蛇口を開いた。ホースは生き物のように波打っている。先端を手にして伊良部のいる場所に戻った。

「大森さあん、なにするの」

「我慢しなさいよ、助けてやるんだから」

伊良部の尻に水をかけると、クレンザーを振りかけた。手で塗りこむように広げた。たちまち泡が立つ。

「ねえねえ、冷たいよ」

「いいから黙ってろ」

いったん水を止め、ズボンで手を拭った。

呼吸を整えながら、しばらく伊良部の尻を眺めていた。

もう目が覚めたぞ。おれは大丈夫だ。体調不良が治るかどうかはわからない。でも大丈夫だ。少なくとも気持ちだけは。

和雄は伊良部の足首をつかんだ。

せえの――。思いきり引っぱった。

「いたたたたっ」伊良部が悲鳴をあげている。

「声を出すんじゃねえ」怒鳴りつけてやった。

手応えがあった。少しずつ抜けはじめている。綱引きのように足を踏んばった。奥歯がぎりぎりと音をたてて軋《きし》んだ。

不意に抵抗がなくなり、和雄の身体がうしろに弾け飛んだ。コサック・ダンスのように足をばたつかせ、植え込みの中に落ちた。

仰向けのまま視線をさまよわせると、夜空に三日月が見えた。月はやさしく静かに下界を照らしていた。

「あたたたた」

伊良部の声がする。和雄が頭を起こした。伊良部は窓の下に横たわっていた。その姿はトドに見えた。

和雄は起きあがると、伊良部のそばまで歩いた。息が弾んでいた。

「先生、大丈夫ですか」

「大丈夫じゃない。眼鏡が割れた」

「それくらい」

「鼻血もでた」

見ると、伊良部は鼻の下を赤く血で染めていた。

「水で洗ってあげるから」

ハンカチを手渡し、もう一度蛇口を開いてホースで水をかけてやった。ついでに窓枠についたクレンザーの泡も洗い流す。窓を割ったのは悪かったので、せめて後片づけだけはしておこうと思った。

「やっぱり海にした方がいいのかな」と伊良部。

「病院の裏庭にでも作ったらどうですか、二十五メートル・プール。どうせ一コースでいいんだから」

「ああ、そうか。その手もあるね」

しばらく二人でその場にいた。腰をおろし、足を投げだした。

伊良部がたばこを持っていたので、一本もらってそれを吸った。

煙が肺にじんわりと染みていく。吐きだすと、白い煙はゆらゆらと夜空へ立ちのぼっていった。

マンションに帰り、玄関を開けると奥の居間の明かりがついていた。

尚美が起きて本を読んでいた。「おかえり」と静かに口を開いた。

「なんだ、起きてたんだ」そのままキッチンまで歩き、冷蔵庫から缶ビールを取りだした。「君も飲む」

「うん、もらおうかな」

尚美のぶんをテーブルに置き、向かいのソファに腰をおろした。

「どこ、行ってたの」プルトップの栓を抜き、尚美が言った。

「プール」

「嘘」小さく目を剥く。

「ほんと。ただし閉まってたけどね」

「……あなた大丈夫？」

「大丈夫さ」思わず苦笑していた。

「どうしたのよ」

「うん？」少し考えた。背もたれに身体をあずけ、吐息を漏らした。「実はね……」言いかけて、噴きだす。どうしても込みあげてくるおかしさをこらえることができなかったのだ。

「なによ、教えなさいよ。そんなに楽しいことがあったの」

つられて尚美もほほ笑んでいる。

夫婦の間で隠し事はいけないと思い、和雄は今日の出来事をすべて話した。

もう自分は大丈夫だとも伝えた。ついでにこの前の夫婦喧嘩についても謝った。

「その医者って注射フェチでマザコンだったんだ」尚美が肩を揺すってる。

「でも、あなたの病気を治したんだから、結果としてはいい医者なんじゃないの」

「ああ、そうだね」また噴きだしてしまった。

「わたしね」尚美がぽつりと言った。「ほんとのこと言うと、焦ってたんだから」

「なにを？」

「あなたのことよ。気がヘンになるんじゃないかって、かなり怖かった」

「ああ……ごめん」

「貯金通帳調べて、よし半年ぐらいならなんとかなる、いざとなったら会社を辞めさせようって」

「そこまで？」

「そうよ。あなたと同じで眠れなかったんだから」

「……ごめんよ」あらためて頭を下げた。

尚美がソファにもたれこむ。口元には静かな笑みを浮かべていた。どうやら機嫌はすっかり直ったみたいだ。

「今度、わたしもプールに連れてってね」

「うん、いいよ」

「毎日はいやだけど」

「そりゃそうさ」

久しぶりに夫婦らしい会話をした。尚美はビールをおかわりして、少し酔ったのか赤い顔でじゃれてきた。

そうか、そういえば水泳以外にも体力の使い道はあったのだな。あれだって立派な有酸素運動じゃないか――。和雄はそんなスケベなことを思いながら、顔をニヤつかせ、尚美に覆いかぶさっていく。

開けてあった窓から気持ちのいい夜風が吹きこみ、外では犬が遠吠えしていた。

勃ちっ放し

1

「鎮静剤でもだめでしたか……」若い医師が腕を組み、うーんと唸っている。「なにせうちでは前例がないからなあ」続いて遠い目になり、小さく吐息を漏らした。

　少し離れた場所では、看護婦たちが好奇心丸出しの様子で聞き耳を立てている。ちらちらと視線まで飛ばしてくるのがわかった。哀れな患者の股間を盗み見ているのだ。

　田口哲也は暗い気持ちになり、ワイシャツの裾を自分の隆起《りゅうき》した性器に被せた。もっとも勢いがよすぎて、うまく隠れてはくれない。

「文献によると持続勃起症とか陰茎強直《ごうちょく》症っていうらしいんですがね。戦後の医学界で数十例しか報告されてない症状なんですよ」

　医師の言葉に、哲也は肩を落とす。事態の深刻さに気が滅入るばかりだった。

「これといった治し方はないんですが、不治の病というわけではなさそうです。記録では、最長でも百八十日間だったそうですから」

「ひゃくはちじゅうにち？」思わず声が裏返る。軽いめまいがし、スツールからずり落ちそうになった。

「しかしまあ、現在のところ実害はないわけですから」医師が慰めるように言う。

「痛いんですよ。勃《た》ちっ放しっていうのは」哲也は苦しげに訴えた。

「なるべく陰部を締めつけない方がいいでしょう。下着はトランクスにして、ズボンもなるべくゆったりめのものを穿くとか」

「それじゃあ目立つでしょう。毎日会社に行ってるんですよ」

「上着は脱がないとか」

「夏なのに、そんな不自然な」

「でもねえ、田口さん、それはわたくしに言われても……」

医師が眉を八の字にして困惑している。その顔を見ていたら、哲也はますます絶望的な気分になった。


一昨日の朝方、淫夢《いんむ》を見た。別れた妻、佐代子とよりを戻し、セックスをする夢だった。わたしが悪かったの、と涙ながらに許しを請う佐代子に、哲也は激しく欲情した。赤らんだ顔を見て、あらためていい女だと思った。夢とは思えないほどリアルなセックスだった。佐代子の体温すら肌に感じていた。

目覚まし時計で現実に引き戻され、途端に自己嫌悪に陥った。また見てしまった。なんと未練がましいことか。もう三年も前に別れた女なのに――。股間に手をやる。自分の性器が青竹のようにそそり立っているのに驚いた。まるで十代の頃の凜々《りり》しさだ。

そしてベッドを下り、トイレに向かったときだった。散らかり放題の部屋で床の雑誌に足が滑った。咄嗟《とっさ》に本棚に手をやったら、いいかげんに積んであった広辞苑が落ちてきた。厚くて重い辞書が、床に転んだ哲也の股間に見事命中したのだ。

気が遠のくような痛みに襲われ、しばらく床にうずくまった。涙が流れたが、その半分は我が身の情けなさによるものだったかもしれない。誰にも見せられない、男三十五歳の現実だった。

小便を済ませ朝食のトーストをかじった。体の中心部に違和感を覚え、ふと下を見たら、性器が勃ったままだった。一人眉をひそめる。もう淫靡《いんび》な空想はしていない。どういうことだ？

通勤電車の中でも勃ったままだった。股間が誰の目にも明らかなほど盛り上がっている。上着のボタンを留め、カバンでその部分を隠した。痴漢と間違われるのが怖くて、女性の乗客とは隣り合わせにならないよう気を遣った。

会社に到着し、仕事に就いていても性器がしぼむことはなかった。むろんこんなことは初めてだ。さすがに不安になった。

哲也はトイレへ行くと個室に入り、自慰を試みた。今朝の夢を頭の中で反芻《はんすう》し、三分ほどで放出した。じっと性器を見つめる。まだ勃ったままだ。おまけに痛みも感じた。海綿体の奥底からじんじんと響くような痛みなのだ。

どういうことか？　混乱する頭で必死に考えようとしたが、わかるわけもない。

午後になると、じんわりと恐怖が襲ってきた。仕事が手につかず、話しかけられても上の空だった。何度も下を見ては、暗い気持ちになった。これが異常事態であることは論を俟《ま》たない。おれのムスコはこのまま勃ち続けるのか？　そう思うといてもたってもいられなくなった。部長に体調が悪いと告げ、早退した。よほど青い顔だったのか、部長は哲也の健康を気遣ってくれた。

マンションに帰るなり、風呂場で水を浴びた。冷水にタオルを浸し、局部に当てた。けれど依然勃ったままだ。心細さに胸が締めつけられた。食事も喉を通らなかった。

一晩経てば治るのでは――。祈るような思いで眠れない一夜を過ごす。しかし事態は変わらなかった。親の心配をよそに、ムスコは元気一杯だった。

病院の門をたたくのに躊躇《ちゅうちょ》はなかった。通勤途中にある「伊良部総合病院」の泌尿器科を訪れたのは昨日のことだ。

診察にあたった若い医師は、当初、バイアグラの多量摂取だと信じて疑わなかった。否定しても、「砕いて飲み物に混入されたとか」などと無理な推理を試みる。心当たりなどあろうはずがなかった。最近の哲也の晩飯といえば、コンビニ弁当をペットボトルのお茶で流し込むだけなのだ。

薬物の作用でないとわかると、医師はむずかしい顔になり、ポラロイドカメラを取りだしてきた。「ああ、顔は写しませんから」とだけ言い、承諾も得ず哲也の股間を撮りはじめた。そしてとりあえずの処置として鎮静剤注射を打たれ、帰されたのだ。

「血液が絶えず送り込まれているわけだから、自律神経系のトラブルになるんだろうしなあ……」医師が一人でつぶやいている。「インポテンツの逆か。となると機能性の問題ではなく、心因性の可能性が高くなるわけだし……」

「あのう、ズボン、上げてもいいですか」

哲也が聞くと、医師は「ああどうぞ」と気のない返事をし、カルテにペンを走らせた。

「夜、眠れないんですよね」

「そうでしょうねえ」

「食欲もないし」

「わかりますよ。精神的にも辛いでしょうし」そう言ったところで、医師がしばし宙を見つめる。ペンで頭をポリポリと掻《か》き、哲也に向き直った。「一度ここの神経科、行ってみます？」

すぐには返答しかねる問いかけだった。

「地下にあるんですけどね」そう言って下を指さしている。「いろんな角度から診察するのも悪くないと思うんですよ。神経科は投薬の仕方もちがうし。そうだそうだ、そうしましょう」

もう哲也の目を見なかった。勝手に決められたといった感じだった。面倒な患者はよそへ回したいのか。ため息をつく。でもいい。今は藁《わら》にもすがりたい心境なのだ。誰かが祈禱師《きとうし》を勧めるなら、そこへだって行く用意がある。

哲也は泌尿器科を出ると、病院の階段をとぼとぼと下り、地下へと向かった。そこは雰囲気ががらりと変わり、楽屋裏の臭いがあった。廊下には段ボール箱が積まれ、心なしか照明も暗く感じる。「神経科」のプレートを見つけ、不安な気持ちでドアをノックした。

中から「いらっしゃーい」と場違いに甲高い声が響く。そっとドアを開け、中に入ると、丸々と太った色白の、四十代前半とおぼしき医師が、笑みを浮かべ座っていた。

「カルテ見たよ。陰茎強直症。常時臨戦態勢なんだって」

ニッと歯茎をのぞかせる。手招きされ、スツールに腰かけた。

「こういうのって深刻に考えちゃだめ。勃起不全で悩んでる人なんかからすれば羨ましい話なんだから。ぼくも最近はどうも勃ちが悪くてねえ。あははは」

医師の顔をのぞき込む。いきなりの馴れ馴れしさに戸惑った。神経科は初めてだが、こうやって患者をリラックスさせるのも治療の一環なのだろうか。

「インポテンツって結局は自信のなさから来てるわけだから、田口さんの場合、逆に自信満々なんだろうねえ。片っ端からかかってこい、おれがヒーヒー言わしてやる、なんちゃって。あはははは」

返す言葉がみつからない。胸の名札を見ると「医学博士・伊良部一郎」と書いてあった。経営者の親族なのだろう。

「とりあえず拝ませてよ」

促されてズボンとパンツを下ろす。妙に色っぽい若い看護婦がすぐ脇にいて、遠慮のない視線を送ってきた。目が合っても表情ひとつ変えない。

「ほほう」伊良部は身を乗りだすと、中指で哲也の隆起したそれをチョンと弾いた。思わず腰を引く。「貧血にはならないわけ？」

質問の意味がわからなかった。

「いや、ここに血液が集結してるってことは、頭に血が回らないいんじゃないかと思ってさ」

「いえ、とくにそういうことは……」

「冗談だよ。あはははは」伊良部は屈託なく笑っていた。

哲也の胸の中で不快な気持ちが頭をもたげる。もしかして自分はおちょくられているのか？

こっちは不安でしょうがないのに。

「で、そのエッチな妄想っていうのはいつから続いてるわけ」と伊良部。

「はい？」

「頭の中が占拠されちゃったわけでしょ。エッチ方面の妄想に」

何を言っているのか、この男は。

「よくいるんですよ。誰かに追いかけられてると二十四時間思い込んでる人とか、なぜか自宅が燃えている光景が浮かんで外に出かけられない人とか。すべて強迫神経症なんだけどね。田口さんも、頭の中じゃ始終どこかのいい女に迫られてるわけだ。えへへ」

「ちがいます」哲也は語気を強めて言った。ただ、一瞬、佐代子の顔が浮かぶ。

「まあ恥ずかしい気持ちはわかるけど」

「ちがうって言ってるでしょう」いいかげん腹が立った。

「ほんとにちがうわけ？」

「そうですよ。だいいち、いくらエッチなことを考えても勃ちっ放しっていうのは尋常じゃないでしょう」

「うーん、そう言われりゃあそうだけど」

納得がいかないといった様子でカルテを眺めている。しばしの沈黙の後、伊良部が真顔になった。椅子から立ちあがり、哲也にも起立するよう求める。訝《いぶか》りながらも指示に従った。

「田口さん、ごめんね」

なぜか伊良部が謝った。次の瞬間、伊良部の膝が哲也の股間にめり込む。膝蹴りをくらったのだとわかった。激痛とともに風景が歪み、哲也はその場に崩れ落ちた。頭蓋骨を裏側からハンマーでゴンゴンと小突かれているような痛みだ。

「な、何を……」声にならなかった。

「どう？　しぼみそう？　ショックを与えてみたんだけどね」

伊良部は平然と言い放っていた。

「そ、そんな……」猛然と怒りが込みあげる。でも体が言うことをきかない。全身に脂汗が噴き出ていた。

「外的ショックでそうなったわけだから、同じショックを与えれば治るんじゃないかと思ってさ」

なるほど一理ある――。怒りと苦しみの中でついそう思ってしまったのは、哲也が気弱になっているからだろう。

なんとか起きあがり、スツールに腰を下ろす。押さえていた股間の手を放し、伊良部と二人でのぞき込んだ。

勃ったままだった。

「だめか」伊良部がしれっと言う。

「ひどいじゃないですか。いきなり」額を赤くし、あらためて抗議した。

「予告するわけにはいかないじゃない」伊良部に悪びれた様子はない。「それにね、外的にしろ内的にしろ、ショック療法というのは有効な手立てなわけよ」

「それにしたって――」

「映りの悪かったテレビを叩いてみるのと一緒。引っかかってたものが何かの拍子で外れれば、あとは正常に戻るってよくあることでしょ」

くそお。説得力があるんだか、ないんだか。

「田口さんは心に何か引っかかりがあるんじゃないかな」

「何のことですか」

「悩み。懸念。心配事」

そう言われ、また佐代子の顔が浮かぶ。いいや、そんなはずはない。

「会社の金を使い込んでるとか」

「はあ？」

「ひき逃げ逃亡中とか」

伊良部の顔を正面から見た。顎の両脇に肉がはみ出していた。

「心当たり、ない？」

「あるわけないでしょう」

「ま、人間の体なんてのは宇宙より不思議だから、深く考えないのも手だけどね」

帰ろうと思った。この医者は絶対に頭がおかしい。

「とりあえず注射を打っとこうか」と伊良部。

「いえ、泌尿器科で打っても効きませんでしたから」静かな目で辞退した。

「おーい、マユミちゃん」なのに伊良部はおかまいなしに看護婦に注射の準備を命じている。

「まあそう言わないで。薬の定期投与っていうのは大事なんだから」

マユミちゃんと呼ばれた看護婦に目が行った。白衣の胸が大きく開いている。屈んだら豊かな谷間がくっきりと見えた。

一応打ってみるか。泌尿器科の医師も、神経科は投薬の仕方がちがうと言っていた。

注射台に腕を乗せると、看護婦の半カップのブラジャーまで見えた。股間が痛くなる。針が刺さると伊良部が顔を近づけ、鼻の穴をひくつかせていた。

なんだこいつら——。奇妙な体験に現実感すら薄らいでいく。

「しばらく通院してね」伊良部が腹を揺すって言った。

なんだか抵抗する気も失せた。哲也は黙ってうなずく。まあいいか。どうせどこの病院へ行っても珍しがられるだけなのだ、この「陰茎強直症」という奇病は。

遅刻して会社に行くと、哲也はデスクワークに就いた。中堅の商事会社で、今抱えている仕事は食品会社の販売戦略だ。主任の肩書で、責任も与えられている。パソコンに向かい、消費者アンケートのデータを打ち込んでいった。ただし集中力はまるでない。どうしても股間に気がいってしまうのだ。

ふと伊良部の言葉が頭に浮かぶ。田口さんは心に何か引っかかりがあるんじゃないかな――。考えたくもないのに佐代子に思いが向かった。勤め先の同僚と浮気した妻。ごめんなさいと神妙に頭を下げて出て行った妻。今はその男と新たな結婚生活を送っている。

雑念を振り払うように大きく息を吐いた。そういうふうに聞かれれば、誰だって心当たりのひとつやふたつはあるものだ。悩みのない現代人などいるものか。

たばこに火を点《つ》ける。煙をぼんやりと眺めた。

しかし、きっかけが佐代子の夢だったのも事実である。考えてみれば、この三年間、佐代子のことが頭から離れたことはなかった。夜、ベッドの中で、今頃佐代子は新しい夫に抱かれているのかと悶々としたことも一度や二度ではない。佐代子の住んでいる方角は見ないようにしてきた。

恨みもあるが、それ以上に自己嫌悪の気持ちが強かった。哲也は言いたいことを何ひとつ言わず、「じゃあ」と送り出した。自分のメンツを保つことに必死だったのだ。

また股間が痛みだした。思わず顔を歪める。

「田口さん、どうかしたんですか」向かいの席、庶務のミドリから声がかかった。

「ううん、べつに」平静を装う。

「上着脱がないんですか。ボタンまで留めちゃって」

「ちょっと、冷えるから」

「変なの。冷え性の女の人みたい」白い歯を見せ、笑っている。

冷え性か。そうだな、膝掛けでも買うか。哲也は前屈みになり、痛みに耐えた。

とにかくズボンの盛り上がりだけは隠し続けなくてはならない。これが周囲に知れたら、いったい自分はどうなることやら。

不安な気持ちが胸の中でその嵩《かさ》を増した。出るのはため息ばかりだ。

2

伊良部総合病院の神経科には翌日も行った。朝、隆起した性器を見るとたまらない不安感に襲われる。問題を一人では抱えきれず、誰でもいいから話し相手がほしくなるのだ。

今日は行くなり注射を打たれた。マユミという看護婦の胸の谷間をとくと拝む。スケスケのブラジャーだった。どうやらこの看護婦は特殊な趣味の持ち主らしい。

「何か発散できる趣味ってないわけ」椅子に向き合うと、伊良部が聞いた。

「いえ、とくには」

「血の巡りをよくすることが大事だから、スポーツなんかいいんだけどね」

「だめですよ、痛くて」

哲也が股間に手をやる。事実、勃ちっ放しになってからは歩くのがやっとだった。駅の階段を駆け上がるだけで激痛が走るのだ。

それを訴えると、伊良部は「体が血の巡りを拒否してるんだろうね」とお茶をすすりながら言った。

「性器に血液が集結するような回路が出来上がって、それ以外の回り方を忘れちゃってるわけ。レコードの音飛びで同じ溝だけ延々と演奏するみたいにさ」

なんとなく納得はいった。「じゃあどうすればいいんですか」

「やっぱりショックを与えるっていうのがいちばん――」

「いやです」即座に拒否した。

「心的ショックでもいいんだけどね」お茶で口の中をゆすいでいる。どうするかと思えばそのままゴクリと飲み込んだ。「アソコが縮みあがるような体験をしてみるとか」

「ほう」哲也が身を乗りだす。

「やくざのベンツに当て逃げすれば、相当肝を冷やすと思うんだけど」

体の力が抜け、病院を代えることを考えた。

「バンジージャンプなんかもいいんじゃない」

あまり信用したくない。痛みが増すだけに決まっているのだ。

「ディズニーランドのジェットコースターは？　ぼくも一緒に行くからさ」

返事をせず、ため息をついた。

「ついでにエレクトリカルパレードを見てさ」

何が悲しくてこんな中年男と遊園地に行かなくてはならないのか。

そのとき机の電話が鳴った。「ちょっとごめんね」伊良部が受話器を取る。「なんだよ、またおまえか」

声を荒らげた。受話器の向こうからかすかに女の声が聞こえる。伊良部の顔がたちまち赤く染まった。

「誰が金なんか払うか、このクサレ売女《ばいた》が」こめかみに青筋を立て怒鳴りはじめた。「慰謝料三千万円？　ふざけるな。その金額の根拠を言え、根拠を」

哲也はあっけにとられてその様子を見ていた。

「三カ月の結婚生活でどうしてそんな大金を要求できるんだ。一月一千万円か？　ろくすっぽヤラせもしないでよくそういうことが言えたもんだ。高級ソープ嬢だってそんなには稼げないぞ。何？　経歴に傷がついた？　それはこっちの台詞《せりふ》だ。うちのおかあさんがなあ、伊良部家に泥を塗ったってカンカンに怒ってるぞ」

伊良部は立ちあがっていた。部屋中に大声が響いている。

「どうせ最初から金目当てで近寄ってきたんだろう。こっちこそ訴えてやる。一流の弁護士を何人雇ってでも、おまえなんか身ぐるみ剝《は》いでやる」

伊良部は五分ほどわめき散らし、電話をたたき切った。「この馬鹿女め！」興奮した面持ちで吐き捨てる。

「ねえ、田口さん、ちょっと聞いてよ」

そして、スイッチを切り替えたようにまた甘えた口調に戻った。哲也がスツールから落ちそうになる。なんなのだ、この変わりようは。

「ちょっとだけ結婚してた女がふざけた奴でさあ、慰謝料を請求してくるわけ」

膝に手を置かれ、思わず腰を引いた。

「うちのおかあさんが、一郎ちゃんもそろそろお嫁さんをもらわないとって言うもんだから、医者と一流企業のＯＬとか良家の家事手伝いだけが集まるお見合いパーティーに行ったわけ。そこで一人の女に言い寄られてさあ」おまえに言い寄る女なんかいるのか？　言葉が喉まで出かかる。「向こうが乗り気だったからさっさと結婚したんだけど。いざ生活を始めたら、趣味が合わないだの価値観がちがうだのと文句をつけてきて、おまけにぼくのおかあさんとうまくいかなくて、三カ月で実家に帰っちゃったわけ。これってわがままだと思わない？」

「え、ええ」仕方なく相槌をうった。

「それで、仕方がないかって思ってたら、いきなり弁護士を雇って離婚するから慰謝料を払えって。それも三千万」

「それはひどい話ですよね」

「ひどいよね。セーラー服を着せたぐらいで」

「はい?」

「コスプレなんてどこのうちだってやってることじゃない」

「いや、それは……」

「ご飯にマヨネーズをかけるのはやめてくれとか、そんな些細なことまで言いだすし」

「あの、ご飯にマヨネーズっていうのも……」

「まったくひどい女に引っかかったもんだよ」伊良部が拗《す》ねたように唇をすぼめた。「田口さん、独身?」

「あ、はい」

「それがいいよ。結婚なんかするもんじゃないよ」

そう言って太い首をポリポリと掻いている。目が合うとニッと歯茎を見せた。

ふと、胸の名札の「医学博士」という文字に目が行く。この国の博士号はどうなっているのか。心の中でつぶやいていた。

伊良部は、自分がこれまで出会ったことのない変人中の変人だ。彼にはきっと悩みなどないのだろう。欲望の赴《おもむ》くままに行動し、わめいて、笑って。五歳児に悩みがないのと一緒だ。

ただ羨ましくもあった。少なくともこの男は、自分のようにくよくよしたりはしない。

どうやら彼も妻に去られた口らしい。自分と同じ境遇に立たされているのだ。なのにどうしてこれほど結果がちがうのか。

途中、デパートで膝掛けを買ってから出社した。机で広げると、女子社員たちが好奇の目を向けた。「景品でもらったんだよ。使わないと損だしね」笑ってごまかしたかったが頬を引きつらせるはめになった。

仕事に就いても伊良部のことが頭に残っていた。パソコンに向かいながらも、午前中の出来事が脳裏に甦《よみがえ》ってくる。

このクサレ売女が——。伊良部は電話でそう怒鳴った。自分には言えなかった言葉だ。ぐっとこらえ、胸の奥底にしまい込んだ感情だ。

佐代子の浮気を知ったとき、真っ先に覚えたのは戸惑いだった。なぜこんなことになったのか、懸命に考えようとした。

ごめんなさい、ほかに好きな人ができたんです。妻の告白を聞く段になり、怒りがふつふつと込みあげた。けれどその頃には別の感情も混じりはじめていた。

これ以上、自分を惨めにしたくなかった。寝取られ男のレッテルを貼られるのはプライドが許さなかった。もちろん多少は怒った。顔も見たくないからさっさと出て行ってくれ、と。しかし感情を爆発させはしなかった。体面を保つのに必死だった。周囲には「すれちがいが多くてね」と嘘をついた。

本当は相手の男もろとも張り倒してやりたかった。思いきり罵《ののし》りたかった。「このクサレ売女が」と、伊良部のように青筋を立てて。

たぶん自分はあまりに体裁屋なのだ。我を失うことを恐れているのだ。

内線電話が鳴った。出ると営業部の女子社員からだった。

「スズキ食品の消費者アンケート結果、上がってますか」

「あれ、来週じゃなかったっけ」

「えー、今日ですよ。わたしこれから先方に持っていこうと思ってたのに」

「いや、ちがうよ。来週だって」

「そんなはずありません」愛想のない物言いだった。「だったら田口さんの方から先方に断りの電話、入れておいてもらえますか。来週になるって」

「えっ、こっちが?」

「じゃあよろしくお願いします」言い返す間もなく電話を切られた。

そりゃあないだろうと腹の中で毒づく。年下の女にどうしてこんな言われ方をされなければならないのか。男子社員なら怒鳴りつけてやるところだ。

そのとき股間に痛みが走った。思わず前屈みになった。

今からでも遅くない、内線で文句を言ってやろうか。そっちの勘違いなんだからそっちで処理しろと。

……やめておくか。伸ばしかけた手を止め、思い直した。この先も一緒に仕事をしなければならないし、気まずくなるのは避けたい。それに女はあとが面倒だ。一人を敵に回すと女子全員を敵に回すことになる。

哲也はあきらめて得意先に電話を入れた。担当者は了承したが、頭を下げている自分が情けなかった。

痛みが激しくなる。性器がいっそう激しくズボンを押しあげていた。トイレに行こうと、不用意に立ちあがる。膝掛けがポロリと落ちた。呼応するように向かいの席のミドリが顔を上げる。その視線が哲也の股間に注がれていた。見られたと思った。

慌ててその場を離れる。背筋を伸ばすと痛いので腰を曲げて歩いた。背中に視線を感じた。顔中に汗がどっと噴きでた。

廊下を早足で進むと、女子社員たちが道をあけた。きっと自分はただならぬ形相をしているのだろう。

個室に入り、ズボンを下ろす。性器は赤く充血し、ヘソにつかんばかりにそそり立っていた。痛みはどんどん増している。哲也は歯を食いしばって耐えた。

とんでもない奇病を自分は抱えている。こんな病気、友人にも相談できない。しぼんでくれるまでは、満足な人付き合いもできないのだ。

不治の病というわけではないと医者は言っていた。しかし治る保証もまたない。いったい自分はどうなるのか。誰か助けてと叫びたくなった。

そして青筋を立てた自分の性器を眺め、ある考えが頭に浮かんだ。

性器が怒っている。まるで持ち主が怒らないことに腹を立てているかのように——。

もしかすると、自分が素直に頭に血を昇らせないから、その血が性器に回ってしまったのではないか。こめかみに青筋を立てないから、代わりにコイツが立てているのではないか。そんな思いが頭の中で急速にふくらんだ。

佐代子に何も言えなかった。浮気した妻に声を荒らげることすらなかった。

さっきだってそうだ。小生意気な年下の女子社員にいいようにあしらわれた。気が小さいというわけではない。男にならいくらでも言える。自分は女に対して、やさしく理性的な男を演じ過ぎるのだ。

佐代子に言ってやろうか。このクサレ売女が、と。ついでにビンタを一発かましてやるのもいい。風の便りで居場所はわかっている。前の会社でまだ働いていることも知っている。

便座に腰を下ろしたまま、大きく息を吐く。ハンカチで額の汗を拭った。

いくらなんでも遅いか。三年も経って。

何事かと思われるだろう。へたをすれば警察沙汰になるかもしれない。周囲に知れたらいい笑い者だ。

タンクに背中を預け目を閉じた。

いや、この理性が余計なのだ。感情を抑え過ぎるから、自分の性器はこんなことになってしまったのだ。

なぜか確信した。陰茎強直症の原因は、自分が感情を爆発させないからだ。

決めた。佐代子にひとこと言いに行こう。罵詈《ばり》雑言を浴びせ、手をついて謝らせるのだ。

自分にはその権利がある。こっちはひとつも間違ってなどいない。

立ちあがると性器に激痛が走った。うずくまろうとしたら壁に額をしたたか打ちつけた。視界に銀粉が舞う。絶対に謝罪させようと哲也は決意した。


残業はしないで定時に退社した。佐代子の住む私鉄沿線の町は、女性誌でも頻繁に特集される人気のエリアだ。

駅の改札を抜けると、若い女の姿が目立った。所帯じみた主婦など一人も歩いていない。みんな洒落た服装でアフターファイブを楽しんでいるように見えた。

共通の知人から、佐代子が公園に隣接した新築マンションを買ったことは聞いていた。駅前交番で地図を見せてもらい、公園の位置を確認する。周囲で真新しい建物があれば、そこが佐代子の住処《すみか》だ。

五分ほど歩き、すぐに見つかった。グレーの外壁の瀟洒《しょうしゃ》なマンションだ。窓には白熱灯の品のよい明かりがいくつも灯っている。住人たちのいい暮らしぶりが、外からでも容易に想像できた。共働きなら金銭的余裕もあるのだろう。

哲也は賃貸の古びたマンションに住んでいた。買おうと思えばそれも可能だが、買う気が起きなかった。将来設計など、今の哲也は立てたくもなかった。

エントランスで部屋番号を確認する。プレートに二人の名前が書いてあった。佐代子の名字はもう「田口」ではない。新しい男のそれだ。

切なさに胸が締めつけられた。

郵便受けをのぞくとＤＭ類が何通か重なっていた。まだ帰宅していないようだ。哲也は向かいの公園に入ると、マンションを見張れる位置のベンチに腰かけた。

何時間でも待つつもりだった。通行人に目を凝らした。

佐代子が現れたら前に立ちはだかろう。「やあ、久しぶり。ちょっと忘れてたことがあってな」冷たい目でそう言ってビンタを一発かましてやるのだ。もちろん佐代子は驚くだろう。声も出ないはずだ。そこで言ってやる。このクサレ売女が。

たばこを何本もふかした。自販機でジュースを買い求め、喉の渇きをいやした。

でも、ビンタはやり過ぎか……。暴力になるわけだし、警察沙汰になったら会社でも問題になる。しばし思案した。

唾を吐きかける、というのにしようか。これなら実害がないし、侮蔑の効果も高い。

軽く目を閉じ、深呼吸する。

いや、言葉だけでもいいか。佐代子は疚《やま》しいのだ。こちらの姿を見ただけでうろたえるはずだ。その代わり罵倒するボキャブラリーを増やしてやる。人でなし、淫乱女、料理下手。今まで黙ってたけど、おまえの作った味噌汁は塩辛かったぞ。

腕時計を見る。午後八時を回っていた。

そのとき足音がした。視線を向ける。通りの向こうに、外灯に照らされた女の顔が見えた。

佐代子だとすぐにわかった。ただし隣に男がいる。

ああ、そうか。新しい夫とは同じ会社なのだ。時間が合えば一緒に帰宅するに決まっているのだ。なぜそれを考えもしなかったのか。

哲也はベンチから移動し、木陰に隠れた。咄嗟にそうしていた。心臓が高鳴っているのに、気持ちはどんどん冷えていく。そっと顔をのぞかせた。

佐代子が前を横切る。十メートル以上離れているはずなのに、頰の柔らかさまでわかった。きれいになっていた。三年前よりずっと。幸福に満ち足りた女の横顔だった。夫と何やら会話を交わし、笑っている——。

似合いのカップルだった。初めて見たが、やさしそうな男だった。

二人は手をつないでいた。

絡んだ十本の指を見て、哲也は我にかえった。

いったいおれは何をしようとしているのか。三年遅れで元の女房に文句を言いに来たなんて、馬鹿もいいところだ。頭までおかしくなってしまったのか。

二人がマンションの中へと消えていく。

哲也は、目の前の光景と自分の愚かさに打ちひしがれていた。

3

伊良部総合病院に通うのがすっかり日課になってしまった。毎日の注射がやがて効くのではないかという期待もあったが、それより孤独を癒したいという思いが強かった。相談相手といえば、伊良部しかいないのである。

会社には腰痛で赤外線治療をしていると偽った。前屈みに歩く癖も、不自然な膝掛けも、これで少しはごまかせると思った。

佐代子を見かけた晩、引き出しの奥にしまってあった彼女の写真を台所で燃やした。自分も写っているからとごまかしてきたが、勢いで処分した。

もっともそれで気持ちがふっ切れたわけではない。辛さは増すばかりだった。男の顔を知って、今度は妄想が具体的になったのだ。

「ねえ田口さん。行こうよ、ディズニーランド」

そんな哲也の気も知らず、伊良部は相変わらず明るい。

「ビッグサンダーマウンテンなんてショック療法になると思うんだけどね」

おまえが行きたいだけだろう。怒鳴りつけてやりたい衝動に駆られる。一方で、この男の非常識ぶりが羨ましくもあった。他人にどう見られるかをまったくかまっていない。この男は、さぞや毎晩ぐっすり眠っていることだろう。

「じゃあ豊島園のハイドロポリスは?」

「今の状態で、わたしに海パン姿になれっていうんですか」

「そうか。変態かと思われちゃうよね」

馬鹿らしくて言いかえす気にもなれない。

「ところで田口さんにお願いがあるんだけどさあ」

伊良部が頭を掻きながら言った。フケがパラパラと床に落ちる。

「前に離婚調停中の女がいるって話したじゃない。田口さん、その女をナンパしてホテルにでも連れ込んでくれない?」

哲也は眉間に皺を寄せた。

「大丈夫、大丈夫。尻軽女だし。医者だって言って近づけば尻尾振ってついてくるよ」今度は鼻をほじっている。「示談にするには有利な条件がほしいんだよね、こっちも。ぼくがあとをつけてデート現場を隠し撮りするから」

「冗談ですよね」顎を突きだして聞いた。

「ううん」指を白衣で拭っていた。「こういうのってなかなか人には頼みづらくてさあ」

頼んでいるではないか。それも患者に。伊良部が女の写真を取り出して見せた。ミスコンに出てもおかしくない美女だった。こんないい女と数カ月過ごせただけでもありがたいと思え。危うく声に出かかる。

「ねえ田口さん、頼むよ」

「だめです」慌ててかぶりを振った。

「人生に刺激は必要だよ。会社と自宅の往復じゃあ味気ないじゃない。ふつう病気は安静にしているのがセオリーだけど、田口さんの場合は逆だと思うなあ。陰茎強直症には刺激とか変化が効果的だって本に書いてあったし」

いいかげんなことを。誰が信じるものか。

「もちろん謝礼はするよ。経費に十万。成功したら三十万。診察料はタダにするし」

本当に医者か？　この男は。

押し問答の末、なんとか断った。伊良部が自分の立場なら、間違いなく佐代子をただではおかないだろうなと思った。相手の男を闇討ちするぐらいのことはしたはずだ。

先夜の光景は目に焼きついていた。ただでさえ眠れないのに、ますます睡魔から見放されてしまった。

「仕方がないから、上野公園へ行ってイラン人でも雇うかなあ」

伊良部の神経の太さが羨ましいばかりだ。


会社へ行くと、いつも通り膝掛けで下腹部を覆った。ふと前を見る。ミドリがほかの女子社員に目配せしているのがわかった。

哲也の視線に気づき、みなが一斉に目をそらす。

一瞬にして顔が熱くなった。どうやら自分は何かの噂になっているらしい。それはそうだ。近ごろの自分ときたら、なるべく席から離れないようにしているうえ、立ちあがるときは、上着に袖を通し、ボタンを留めてから、そろりと腰を浮かすのだ。おまけに昼食にも付き合わない。全員が出かけたころ、哲也はそっとパンを買いに行く。

勃ちっ放しがばれたのだろうか。パソコンのキーを叩く指が小さく震えた。もしそうだとしたら、恥ずかしくてもうこの職場にはいられない。

いっそカミングアウトでもするか？　馬鹿な。それこそ一生の恥だ。会社は伝説が生まれやすいのだ。

部長に呼ばれた。膝掛けを腰に巻いたまま、部長の所まで行く。

「なんだおまえ。スコットランド帰りか」

「あっ、いえ、その」自分の格好に気づき、しどろもどろになった。

「まあいい。明日とあさって、何か外せない仕事はあるか」

「いえ、とくには」

「だったら、小売業者を招待しての伊豆温泉旅行、急遽《きゅうきょ》おまえも同行してくれ。欠員が出たんだ。代役で頼むわ」

「温泉、ですか」めまいがした。

「大事な接待だから若いのには任せられん。うちからは局長も参加するしな。おまえみたいなベテランが必要だ」

「あのう、すいません。ぼく、腰痛がひどくて……」腰に手を当て、顔を歪めて見せた。

「おお、それはついてるぞ。そこの温泉は腰痛に効くそうだ。湯船にゆっくり浸かってデパートの仕入れ部長たちと実のある商談をしてくれ」

目の前が真っ暗になった。勃ったままの状態で温泉旅行に行ったらどんなことになるのか。考えただけで気絶しそうになる。しかも出発は明朝だ。手の打ちようがない。

空いている会議室へ行き、伊良部に電話した。一も二もなくそうしていた。事情を説明する。

「風邪でもひけば？　診断書なら書いてあげるけど」伊良部の呑気な声だった。

「だめですよ。自己管理がなってないって、上役連中から睨まれちゃいますよ」

「じゃあ赤痢は？　日本脳炎でもいいけど」

「それじゃあ新聞に載っちゃうでしょう。何か症状をやわらげる方法はないんですか。半勃ちぐらいにできる薬とか」

「ないなあ」受話器の向こうであくびが聞こえた。「断ればいいことじゃん。行きたくないって」

「あのね、会社ってのは『行きたくない』じゃ済まないところなんですよ」

「ふうん。大変だね」

電話を切った。伊良部になど相談した自分が馬鹿だった。

また股間が痛みはじめる。どうして自分がこんな目に遭わなくてはならないのか。いっそ不能になってくれた方がどれほどありがたいことか。


結局、何の策も思いつかないまま翌朝を迎えることとなった。当然のように一睡もできなかった。昨夜は失踪することまで考えた。きっと全国で頻発する失踪事件の大半は、こういうくだらない理由によるものだろう。

痛みを我慢して下着はブリーフにした。その下には水泳用のサポーターパンツも穿いた。上向きか横向きか少し悩み、上向きに収納した。カンガルーの子供のように頭がのぞくが仕方がない。少しでも無理な体勢はとらせたくなかった。

豪華な観光バスで伊豆に着く。最初の難関はゴルフだった。局長を前にして、腰が痛いからという嘘は言いだせなかった。「うちの田口は結構うまいんですよ」先にそう紹介されてしまったのだ。「じゃあレッスンでも受けますかな、ははは」肌の色艶もいい中年男たちに親しげに肩をたたかれた。

第一ホール。歯を食いしばってティーショットを打つ。余計な力が入ったせいか、森の中に飛んでいく。打った直後には激痛が走った。

セカンドショットはバンカーインだった。前屈みになったまま小走りにグリーンを横切ると、全身に脂汗が浮き出てきた。体を動かすだけでズキズキと性器が痛むのだ。

第二ホール、第三ホール。同じ組のクライアントたちがそろそろ困惑顔を見せはじめた。まともに打てるのはパターだけだ。哲也は「すいません」を連発して右へ左へと走りまわった。気持ちに余裕がないため、ろくな会話ができない。

「田口さん、ゆっくりやられるといいですよ」

「いえ、早く済ませましょう」

気遣われているのに無愛想に答えてしまい、ますます焦る。グループには白けた空気が漂っていた。

休憩所では局長のグループに追いつかれ、服装をたしなめられた。

「おい田口、行儀が悪いな。シャツは中に入れなさい」

哲也はポロシャツをズボンの外に出していた。そうしなければ股間の盛り上がりがあらわになってしまう。

「これが流行《はや》ってるんです」

「流行ってるって、君ねえ、ゴルフはマナーが大事だよ」

「いえ、わたしはこれでいきますから」

局長の顔がこわばる。哲也は目を合わせないようにして、次のホールへと向かった。かまっていられなかった。哲也の頭には、この場を逃れることしかなかった。

結局スコアはひどいものだった。一緒に回ったクライアントたちは言葉少なになり、クラブハウスでも哲也とは距離を置いた。接待になっていないことは明らかだった。

「おい、田口」局長がそばに来て小声で言った。「何してる。お客さんのお相手をしないか」

「あの、疲れちゃって」

「ふざけるな」局長が目を吊りあげた。「旅館ではちゃんとやれよ。風呂で背中ぐらい流すんだぞ」

「わたし、風邪気味なんですけど」

「だめだ。ちゃんとやらないと、帰ってからただでは済まさんぞ」

逃げだしたくなった。ここで逃げたらどうなるのだろう。馘《くび》にはならないまでも相当な処分を受けるにちがいない。でもいい。風呂場で勃ちっ放しのイチモツを見られるよりは遥かにましだ。

どうして昨日の時点で断らなかったのか。部長に多少睨まれても、毅然と突っぱねればよかった。流される性格だから、自分で自分を窮地に追い込むのだ。

そして流される性格そのまま、哲也は逃げることもなく旅館に着いた。みなが部屋に散り、浴衣に着替えて大浴場へと行く。

哲也は同部屋になった客たちを先に行かせ、一人でそっと浴衣を羽織ってみた。だめだ。あまりに目立ち過ぎる。浴衣をやめ、持ってきたジーンズをはくことにした。浴衣は力任せに袖を引きちぎった。「破れてたから」そんな苦しい言い訳を考えてみた。

さて、問題は風呂だ。断じて入るわけにはいかない。裸になるわけにはいかない。でもどうすればいい。

内線電話が鳴った。出ると局長だった。

「何やってんだ。早く来い。おまえが担当のお客さんだけ放っておかれてるぞ。吉田も山本も、自分の担当の背中を流してんだ。おれに恥をかかせる気か」

震える声で「すぐに行きます」と答えた。

人生最大のピンチだと思った。子供のころ、サマーキャンプでおねしょをしたときだって、これほどは困らなかった。あのときは泣けば済んだのだ。

ぎくしゃくした足取りで廊下を歩く。もはや一カ所を除き、血の気は失せていた。

エレベーターの前に立つ。ふと横を見たら赤いボタンがあった。非常ベルだった。

胸の動悸が早まる。押すか。これを押せば当座のピンチはしのげる――。

まるで誰かに操られているかのように指が伸びる。気がついたらプラスチックのカバーを破り、ボタンを押していた。

けたたましいベルが館内に響く。哲也は弾かれたようにその場を離れ、階段を駆け下りた。股間の痛みは忘れていた。「火事だーっ」と大声をあげていた。

犯罪者の気持ちがわかった気がした。彼らは、小さな嘘を隠すために、大きな罪を犯してしまうのだ。

接待旅行は散々なものとなった。非常ベルに慌てた客たちは裸のまま外に飛びだし、通行人とやじ馬に中年男の裸体をさらすこととなった。どうやら哲也の「火事だーっ」の一声がよくなかったらしい。旅館側はすぐさま一一九番に通報し、消防車やハシゴ車が何台も駆けつけたのだ。

旅館側は平身低頭で消防士と客に謝っていた。犯人捜しはなかった。旅館側も客の仕業と推測したから、事を荒立てたくなかったのだろう。

哲也は人ごみに紛れ、その様子を何食わぬ顔で眺めていた。またひとつ犯罪心理がわかった。人間は、自分の罪を隠すためならいくらでもとぼけられるのだ。

騒動が静まると、みなは風呂に入り直したが、そのころになると哲也のことは局長も忘れていて、声がかかることはなかった。哲也は部屋でたばこをふかしていた。

一時間遅れで始まった宴会は、可もなく不可もなく進行した。酒が入るとそれなりに盛り上がり、コンパニオンの嬌声が大広間に響き渡っていた。

哲也も担当の客だけには酒を注いで回った。局長とは目を合わせないようにした。きっと人事考課は悪くなるのだろうが、どうでもよくなってきた。股間の悩みに比べれば、すべては取るに足りないことなのだ。

二次会はどうしようかと思ったら、客の方から「うちらで勝手にやるから」と乾いた口調で言われた。一応、「請求書はこちらに回してください」と頭を下げておいた。

哲也は一人で先に寝た。横になって股間を見ると、ブリーフからムスコが顔をのぞかせていた。

遠くへ来てしまったなあ。そんな言葉が口からもれる。

いざとなったらモロッコへ行くか——。冗談とはいえ、そんなことまで頭をよぎってしまった。

4

哲也にとって、会社はすっかり居心地の悪い場所になっていった。

自分が人付き合いを避けているせいもあるが、周囲がそろそろ哲也のことを怪しみはじめたのだ。同期の人間からは「おまえ、人が変わったって言われてるぞ」と心配された。ミドリたち女子社員はよそよそしくなり、世間話すら振ってこなくなった。

哲也は、諦めと焦燥の日々をすごしている。夜、テレビも点けずにベッドで隆起したムスコを眺めていると、「もういいか」という気さえしてくる。運命と思って受け入れ、共に生きていく覚悟までしているのだ。

そのくせ朝になると気分はいっきに落ち込んだ。自分はまだ三十五だ。これから恋をして、結婚をして、子供を作って——。そういう人生設計を立ててもおかしくない年齢だ。なのにこんな奇病を抱え、苦しんでいる。叫びだしたいほどの孤独感に苛《さいな》まれた。

昨夜は旧知の女友達から電話があった。「最近、どうしてる?」という、とくに用のない電話だった。

「テッちゃん、再婚しないの?」

「一人の方が気楽。結婚なんてもうこりごりだよ」哲也が強がりを言う。

「佐代子は元気でやってるよ」

「あ、そう」無関心を装った。

「子供ができたんだって。まだ妊娠三カ月だけど」

「ふうん」

「ま、聞かされても困るだろうけど」

「そんなことはないさ」

「今度会うけど、何か伝言ある?」

「べつに」

本当はあるぞ。このクサレ売女めー。もちろん言わないで電話を切る。忘れようとしているのに何だ。おまけに子供ができただと。おれといたときは「まだ仕事が面白いから」と言っていたくせに。

自分にはいいニュースなどひとつもない。

会社に行くのがいやになればなるほど、哲也の病院通いは欠かせないものになった。休診日などは伊良部が恋しくなるほどだ。伊良部は変わった男だが、その変わりっぷりが救いだった。馬鹿と変人は癒し効果でもあるのだろうか。いざとなったら常識を捨てればいいと思えてくるのだ。

この日は病院の階段を下りると、なにやら男女が言い争う声が聞こえた。神経科の診察室から響いている。

ドアまで行くと、男の声が伊良部のものであるとわかった。何事か？　互いに大声で罵りあっている。入るべきかどうか躊躇した。女性患者と喧嘩でもしているのだろうか。

ありうる。自分にはいきなり急所を蹴りあげてきた男なのだ。ガラスの割れる音がした。慌てて哲也はドアノブに手をかける。放ってはおけないと思った。

ドアを開けると、そこでは伊良部と若い女が物をぶつけあっていた。何かが飛んできて哲也が思わず避ける。振りかえると注射器が壁に当たって砕けていた。

「このスベタめー。結婚詐欺で訴えてやる」という伊良部のわめき声。

「何言ってんのよ、この変態。おまえこそ妻に精神的苦痛を与えたかどで訴えてやる」

女を見る。もしかしてこれか？　慰謝料を求めてきたという伊良部の結婚相手は。二人とも顔を真っ赤にしている。

とりあえず間に割って入った。「先生、喧嘩はいけません。落ち着いてください」

「田口さん、どいててよ」

「なによ、あんた。関係ない奴はスッこんでな」

巨漢の伊良部に振り払われる。よろけると女からも押され、哲也は床に尻餅をついた。

「おまえの嘘なんかもうバレてんだぞ。こっちは興信所を雇って調べたんだ。なあにが元銀行OLの家事手伝いだ。本当は錦糸町のランパブ嬢じゃないか。その前は亀戸のヘルス嬢だろう。もっと前は小岩のレディースでブイブイいわせてたんだってな。全部お見通しだぞ。よくものこのこと医者のパーティーなんかに来たもんだ」

伊良部の言葉に女が唇をわななかせている。あらためて見ると、女は濃い化粧で水商売そのものの風体だった。いつか伊良部に見せられた写真とは大ちがいだ。

「やかましい。そっちこそ何が『いっぱい服を買ってやる』だ。おまえの買ってくる服はセーラー服だのブルマーだの、そんなのばっかじゃねえか。夜はこれを着ろだと？　ふざけるんじゃねえ。おまけに母親の言いなりじゃねえか。一郎ちゃん、おなかが冷えるといけないから腹巻きしましょうね。それで中年男がミッキーマウスの腹巻きか。バーカじゃねえのか。このロリコン・アンド・マザコン野郎が」

今度は伊良部が歯軋《はぎし》りをする。頬の肉がユサユサと揺れた。

哲也は尻餅をついたまま呆然となりゆきを見守っている。

なんてどっちもどっちなんだ。どちらの味方をする気も起きない。

「なんだと、この尻軽女が。イラン人が言ってたぞ。カンタンデシタって」

「イラン人なんか雇ってんじゃねえよ、この卑怯者が。てめえで勝負してこい」

哲也は驚いた。伊良部は本当に上野公園でイラン人を雇ったのか。

「おまえのオッパイはシリコン入ってんだろう。医者の目をごまかせると思うなよ」

「医者ならてめえの包茎をまずなんとかしろ」

「なんだと、このイビキ女。大方鼻の整形に失敗したんだろう」

「うるせえ、このワキガ野郎。消臭剤でも腋《わき》に挟んでろ」

とうとう取っ組み合いを始めた。互いに髪を引っ張っている。

「ちょっと。やめましょう、暴力は」哲也は再び間に入った。

「あばずれ。ヤンキー。とっとと帰れ」

「デブ。短小。とっとと金払え」

「落ち着いて。話し合いましょうよ」

ふと横を見る。いつもの看護婦が椅子に座って雑誌を広げていた。

「看護婦さん。止めるの手伝ってください」

看護婦がだるそうに顔を向けた。

「いいんじゃないですか。やらせとけば」脚を組み替え、太ももを露《あらわ》にする。

「そんな……」

二人は顔を引っ掻きあっていた。哲也も引っ掻かれた。

双方の荒い息が顔にかかる。唾が飛び散る。

「ねえ、二人とも落ち着いて」

蹴飛ばされた。肘《ひじ》打ちを食らった。

なぜか痛みはあまり感じない。喧嘩の真っ只中で、哲也は別のことを考えていた。

こいつらは解放されている。理性から。世間からも常識からも――。

ずっと自由に生きている。人間という動物らしく――。

恐らく自分は、同じ立場におかれたとしても、このように感情をあらわにすることはないだろう。怒る能力がないのだ。

だから性器が代わりに怒っている。感情を爆発させている。

またいつかの考えにたどり着いた。自分の病気は、やはり修羅場から逃げてしまったせいだ。

人間が人間らしく生きるためには、修羅場の経験が必要なのだ。

だいいちこの瞬間、第三者としてかかわっているだけで、自分には生きている実感がある。

伊良部と女の取っ組み合いは五分も続いた。女は「インターネットでここの跡取り息子は変態だって流してやる」という捨て台詞を口にし、部屋を出ていった。「こっちこそインターネットでおまえの経歴をばらしてやる」負けずに伊良部も言い返していた。

落ち着いたのは、哲也が伊良部の顔や腕に赤チンを塗ってやったあとだ。

「ひどいよねえ、あの女。ランパブ嬢だったんだって。金目当てでぼくに近づいて」

そりゃそうでしょう。でなきゃアンタ、結婚はむずかしいでしょう。もちろん口には出さない。

「田口さん、結婚には慎重になった方がいいよ」

「実はぼくも結婚してたんですよ。三年前に離婚しましたけど」

「ふうん、そうなんだ」

「妻が浮気をしましてね。早い話が逃げられたんです」

「そりゃあ頭に来るよね。慰謝料、たくさん取った？」

「いいえ、一円も」静かにかぶりを振った。「たぶん、格好をつけてたんでしょうね。実は後悔してるんです。金はともかく、怒鳴りつけてやりたい気持ちは残ってますよ。このクサレ売女がって」

「その元奥さん、今どこにいるの？」

「東京に住んでます。割と近くに」

「これから行こうか。ぼくがついていってあげる」

伊良部を見た。平和そうな、いつもの顔だった。

「いや、この時間は会社ですよ」

「じゃあ会社に行こう。ぼくもひとこと言ってやる」

「それは無茶ですよ。日をあらためてなら——」

「だめだめ。思い立ったときにやらなくちゃ。『そのうち』って言ってやった人はいないんだから」

　自分のことを言われた気がした。「でも、どうして先生が」

「田口さんが止めに入ったから、どうも怒鳴り足りなくてさあ」前につんのめりそうになった。

「それに今、女は全部敵っていう気分だし」

　伊良部が立ちあがる。「さあ、行くよ」

「でも、先生、ほかの診察は」

「マユミちゃん、午後は休診ね」

「誰も来ませんよ」看護婦が雑誌に目を落としたまま言った。

　腕を取られ、病院を出る。抵抗しなかったのは、哲也の心のどこかにその気があったからだろう。三年遅れの修羅場を演じてみたい。溜まったものを吐きだしたい。

　なるようになれという思いもあった。どうせめちゃめちゃな日常なのだ。

　裏の駐車場で伊良部のポルシェに乗り込んだ。野太いエンジン音が響き渡る。

　こうなりゃヤケクソだ。哲也は助手席で拳を握りしめた。


　佐代子の会社に着くと、二人で一直線に受付へと歩いた。

「ぼくが呼びだしてあげる。医者の肩書はいろいろと便利だからね。近所で赤痢が発生したとでも脅してやる」

この男を師匠と呼びたくなった。

伊良部とロビーで待つ。さすがに動悸が速まった。面と向かうのは三年ぶりだ。もっとも動揺するのは佐代子の方だ。きっと驚きで口もきけないはずだ。顔から血の気が引くことだろう。

ほどなくして佐代子が現れた。哲也を発見するなり、弾かれたように顔を上げ、立ち止まる。

数秒の後、あらためて近づいてきた。口元には静かな笑みを浮かべている。

「なんとなくそんな気がしてた。病院の者だなんて、心当たりがないんだもん」

よし、言うぞ。人目なんかどうでもいい。会社で言ってやった方が佐代子のダメージは大きいのだ。

「この前、うちのマンションまで来たでしょう。テッちゃん」

「あ……」哲也は絶句した。

「すぐにわかった。夫がいたから気づかないふりしてたけど、公園から見てたもんね、わたしたちのこと」

気づかれてたのか。顔が熱くなった。

「どういう用だったの？　夫がいたから遠慮したんでしょ」

「ええと、それは……」哲也がしどろもどろになる。

「わたしも気になってて……。ほら、この前、ユミから電話があったでしょ。あれ、わたしが頼んだの。何かあるのなら聞きだしてもらおうと思って」

汗が出た。目を合わせられなかった。

「わたし実は期待したの。テッちゃん再婚するんじゃないかって。それを言いに来たんじゃないかって」佐代子はやさしい声をしていた。「わたし、テッちゃんにあんなひどいことしちゃったから、今でも心を痛めてて。自分だけしあわせになるのは絶対に不公平だってずっと思ってるの。もちろん一生許してもらえないのはわかってるけど、テッちゃんが再婚してくれると、わたしも少しは救われるというか……」

血の気が引くのはこっちだった。たぶん自分の顔は蒼白だ。

「ねえ、用って何だったの？」

「田口さん。クサレ売女、クサレ売女」伊良部が耳元でささやいた。

「あら、どなた？　テッちゃんのお友だち？」

「あ、いや、その」ますます汗が噴きでてきた。

「ほら、ガツーンと一発」伊良部がけしかける。

「なんでもないんだ。君、子供ができるんだってね。おめでとうのひとことぐらい言おうと思って」

「えっ、でもそれはユミから聞いたことでしょ」

「じゃあ。もう来ないから」

踵《きびす》をかえし、伊良部の腕をつかんだ。「何よ、田口さん。言わないわけ」目を剝《む》く伊良部を引っ張り、逃げるようにしてその場を離れた。

泣きたくなった。今の自分ほど惨めな男は世の中にいないと哲也は思った。いっそ死んだ方がましなのではないか。そうすれば股間も治まってくれる。もうため息すら出ない。穴を掘って一生隠れていたい心境だ。


会社に一週間の休暇願いを出し、哲也は部屋に閉じこもった。

病院通いはやめた。食事は出前で済ませ、ひたすらベッドに寝転がっていた。性器はずっと勃ったままだ。いったい何日になることやら。数える気にもなれない。本も読まない。テレビも見ない。ただ漫然と天井を眺めている。

三日目に伊良部総合病院から電話があった。ただし伊良部ではない。泌尿器科の若い医師からだった。

「田口さん、お久しぶりです。陰茎強直症、どうなりました」

まだ心配してくれる人がいるのかと、少しは気が紛れた。

「まだ治ってませんけど」哲也が答える。

「ああよかった。あ、失礼。変なこと言って――。ぼく、実は大学病院から伊良部総合病院へ派遣されている医局員なんですけど、大学の指導教授に田口さんのカルテと前に撮った写真を見せたら、ぜひ診てみたいって。それで一度大学病院の方へ来ていただけませんかねえ」

哲也は承諾した。甘い期待はしていないが、それでも可能性は捨てたくない。

古めかしいレンガ造りの大学病院に行くと、若い医師と教授自らが出迎えてくれた。白髪まじりの実直そうな男だ。もしかして、と少しだけ期待が高まる。

研究室に通され、診察台に横になった。パンツを下ろす。

「ほう、これは間違いなく陰茎強直症だ。医療に携わって四十年になるが初めて見た」

教授が若い後輩に語りかけている。後輩はビデオカメラをセットしていた。

「痛みはどうですか」哲也に聞いた。

「締めつけるとかなり。だからブリーフは穿けません」

「セックスは可能ですか」

「さあ、こうなってからはしてないので。マスターベーションなら可能です」

教授が質問をし、哲也はひとつひとつ丁寧に答える。

そのとき部屋のドアが開き、白衣を身にまとった医学生らしい一団が入ってきた。女子も何人かいる。

「おお、みんな来たか。これが陰茎強直症だ。一生に一度、見られるかどうかわからない疾患だから、よく見ておくように」

うん？　哲也が顔を起こす。医学生たちはカルテを手に神妙な顔つきでメモをとっていた。中には写真を撮っている者もいる。

「教授。測定をしてもいいですか」と医学生の一人。

「ああそうだな。やりなさい」

メジャーで長さや太さを測られた。哲也は困惑した。何なのだ、これは。

十分ほど医学生に観察され、哲也は診察台を下ろされた。みなが部屋を出ていく。

「わざわざご苦労様でした」教授が封筒を差しだす。「これはお車代ということで」

わけがわからなかった。「あの、診察じゃなかったんですか」

「ま、診察と言えば診察なんですが……」

「治してくれるんじゃないんですか」

「外科手術という手もあるんですがねえ」教授が顎を撫でている。「死に至る病ならともかく、この手の症例が少なくて実害がないものとなると、リスクを冒してまで執刀したがる医師がいないんですよ」

「じゃあ、今日は何のために」

「学生に見せようと思ったんですよ。後学のために」若い医師が明るく言った。「田口さん、大丈夫ですよ。そのうち治りますから」

全身の血が頭に向かっているのがわかった。こめかみが痙攣《けいれん》する。

「ふざけるな」自分の声が震えた。突然の激情だった。「人の病気を見世物にしやがって」

二人の医師が後ずさる。

「患者だと思ってナメんじゃねえぞ!」大声を発していた。自分の声にいっそう興奮する。

手近にあったスツールを手にとった。

「ちょっと、田口さん。落ち着いて」

「やかましい。どいつもこいつも人をコケにしやがって。いつまでもおとなしくしてると思ったら大間違いだぞ」

スツールを持ちあげ、壁に叩きつけた。

「何をするんですか」

続いて診察台を横倒しにした。戸棚に当たり、ガラスが割れる。鉗子《かんし》類が甲高い金属音とともに床に散乱した。

「ちょっと、やめてください」

「うるせえ。怪我したくなかったらどいてろ」

哲也は手当たり次第に医療器具を蹴散らした。点滴用のスタンドが倒れ、レントゲン・ビュワーが宙に舞う。パソコンは窓ガラスを突き抜け中庭に転がっていった。

「おい、一一〇番だ」教授が叫んでいる。

「呼べ呼べ。いっそのこと機動隊でも呼べ」

体中を熱い血が駆け巡っていた。


警察には二晩勾留《こうりゅう》された。器物損壊の罪は起訴猶予処分となり、あとは大学病院側と示談でけりをつけることとなった。

どうやら医療器具の弁償は半額にまけてくれるらしい。教授も患者をさらし者にした非を認め、歩み寄ったのだ。

釈放の際の身元引き受け人は伊良部に頼んだ。親には打ち明けられず、ましてや会社に言えるわけもなく、苦し紛れに連絡をとったのだ。

「田口さん、派手にやったみたいだね」

迎えに来た伊良部はいつもの調子だった。顔を見るなりニッと歯茎を見せる。伊良部が女なら間違いなく抱きつくところだった。

警察から出るときは大股で歩いた。スキップするように。

性器がしぼんでくれたのだ。

大学病院から警察に連行され、取調室に入ったときだ。興奮が収まらない中でふと何かがちがっていることに気づいた。

股間の違和感が消えていた。ズボンに手を突っ込み「ヤッホー！」と声を張りあげた。「コラァ」と警官に怒鳴られたが、頬が緩むのを止められはしなかった。とうとう勃ちっ放しから解放されたのだ。

感情を爆発させたのがよかったのだろうか。自分の立てた仮説は当たっていたのだろうか。

車の中で伊良部に話すと、彼は「そりゃあ自己暗示だろうね」と言った。

「こうすれば治ると思い込んだから、それを実行したことで治ったんだよ。いわゆるプラシーボ効果と一緒。人間の体って不思議だよね」

どうだっていいか、そんなこと。とにもかくにも治ったのだ。

「じゃあ、治ったから豊島園のハイドロポリスに行けるね」と伊良部。

それはいやだ。

「先生、それより今度、医者のお見合いパーティーに呼んでくださいよ。医者のふりしてナンパしますから」

「うん、いいよ。うちの名刺作ってあげる」

伊良部の横顔を見る。またしても師匠と呼びたくなった。

ポルシェのエンジン音が、哲也の鼓膜に心地よく響いていた。

コンパニオン

1

「ねえ、広美。一度神経科で診てもらったら？」

仕事帰りのカフェで、恐る恐る口を開いたのは、同じ事務所のコンパニオン仲間、厚子だった。

安川広美が思わず顔をあげる。

「ほら、別に広美がおかしいって言ってるんじゃないのよ。こういうのって、誰にでもあることだから」厚子はあわてて笑顔を取り繕《つくろ》い、早口になった。「ただの疲労よ。薬をもらって、二、三週間休養をとれば、きっとよくなるから」

「そんなんじゃない」

広美がため息混じりに答える。ティーカップを脇にどけ、頬杖をついた。

「だから、ものは試しって言うじゃない。ナレーターの佐藤さんが自律神経失調症になったときも――」

「ちがいます」語気強く、区切るように言う。

厚子は鼻息を漏らすと、黙りこくり、レモンスカッシュのストローに口をつけた。

先月から体調がすぐれなくなった。全身がだるく、夜、眠れないのだ。呼吸もしづらくなった。胸がきりきりと痛くなることがある。

原因はわかっている。何者かにあとをつけられているからだ。

最初、それに気づいたのは、イベントの打ち上げで遅くなり、ほろ酔いかげんで終電に揺られていたときだ。

タクシーチケットをもらい損ねたのは、代理店の妻子持ちにしつこくくどかれ、逃げるようにして店を出たためだ。

あのスケベ親父が。腰に手なんか回しやがって。腹の中で毒づきながら、吊り革につかまっていると、斜めうしろに視線を感じた。

思わず振り向く。とくに誰かが見ているということはなかった。

気のせいかと向き直る。数秒の後、再び視線を感じた。

今度はそっと、首だけを回した。車内に変わった様子はない。冴えないサラリーマンたちが、それぞれ無表情に前を見ているだけだった。なのに、またしばらくすると視線を感じるのだ。

見られることには慣れている。以前はレースクイーンをしていた。男なら誰だって振りかえる顔立ちとプロポーションだ。

しかしその夜は、視線の種類がちがった。粘着質の、欲望のこもった目だ。気味が悪くなった。これまでもオタクに何度かつけ回されたことがある。カメラ小僧たちは、コンパニオンの笑顔を、自分だけに向けられたものと思いこむのだ。

駅で降りてからは、小走りに家路を急いだ。

自宅マンションに駆けこむ。カーテンの隙間《すきま》からそっと見下ろし、通りに誰もいないことに安堵した。

しかし、二、三日すると、また誰かの視線を感じるようになった。今度は、昼夜を通じてだった。自宅にせよ出先にせよ、広美が外に出た途端、どこからともなく現れるのだ。

怖くなって厚子に相談した。厚子は我が事のように心配し、警察に行くことを勧めてくれた。厚子に付き添ってもらい、警察署の門をくぐった。

ストーカー対策係の婦警に、相手の人相風体を聞かれ、「わからない」と答えた。そもそも相手は、姿を見せないのだ。

「自宅を出た瞬間、視線を感じるんです」

「どこかから常にわたしを見ているんです」

そうやって三十分ほど訴えたところで、婦警と厚子は困惑顔になった。婦警は「相手を目撃してからまた来てください」と奥に消え、厚子は何やら考えこんでいた。

信じてもらえなかったのだとわかり、目の前が真っ暗になった。

その後も、厚子には繰りかえし状況を伝えた。厚子はうんうんとうなずくものの、信じている様子はなく、逆に広美の健康を気遣うようになった。どうやら気が変になったと思っているらしい。それでも親友かと腹が立った。

ますます心細くなり、食事が喉を通らなくなった。

三キロも体重が落ちた。もちろんダイエットになったとよろこぶ気にはなれない。

「とりあえず精神安定剤だけでも処方してもらえばいいじゃない。服用すれば少なくとも眠れるんだから」と厚子。

広美は返事をしなかった。

「まずは体調を治すことを考えようよ」

それはわかる。ただ、神経科という所に行くのが、自分の異常を認めるようでいやなのだ。

厚子と別れ、電車に乗った。また誰かの視線を感じた。

変態め。大方気弱なオタクだろう。自分の手の届く女だとでも思っているのか。一月以上も続くと、叫びだしたい衝動に駆られる。

苛立つ気持ちを抑え、窓の外を見ていた。

「伊良部総合病院」という看板がふと目に入った。白壁の清潔そうな建物だ。

総合病院なら神経科もきっとあるのだろう。

専門医院よりは入り易いか。ぼんやりと思う。一晩考えてみる価値はあるのかもしれない。

眠れる薬があるのなら心から欲しい。

広美は吊り革にもたれかかり、深くため息をついた。

伊良部総合病院の神経科は地下の一室にあった。

朝、鏡の前に立ったら肌がぼろぼろに荒れていたので決心がついた。このままでは仕事に支障をきたす。外見は広美の生命線だ。

「いらっしゃーい」

ドアをノックすると、やけに明るく甲高い声が響いた。

失礼します、と言って中に入る。医師らしき、太った中年男が一人掛けソファにもたれかかっていた。

うえっ。口の中だけでつぶやいた。広美のもっとも忌み嫌う、色白のデブだ。しかもボサボサの髪にはフケが浮きでている。胸の名札には「医学博士・伊良部一郎」とあった。

「受付から聞いてるよ。安川広美さんだよね。夜、眠れないんだって」

そう言ってにっと歯茎を見せる。広美は直視しないよう視線を下げ、椅子に腰をおろした。

「二十四歳で職業はタレント兼モデルさん。どんな仕事してるわけ」

「テレビのアシスタントをしたり、雑誌のモデルをしたりしてます」

実際は仕事の大半がイベント・コンパニオンだが、かつてはそういう仕事もしていたのだ。

「すごいね。今度出るとき教えて、ぼく見るから。ぐふふ」

なんて気味の悪い笑い声だ。背筋に悪寒が走る。

「じゃあ、注射、打とうか」

「はい？」広美は眉をひそめた。

「注射。気持ちが鎮まるやつ、一本打ってあげるから」

「……症状とか、聞かなくていいんですか」

「そんなのあと。おーい、マユミちゃん」

伊良部が看護婦を呼びつける。たちまち注射の用意が整い、広美は左腕を注射台に乗せることとなった。

マユミという看護婦が注射器を手に身を屈めた。スリットの入った白衣から太ももをのぞかせる。目が合い、挑発するようにニヤリとほほ笑んだ。

わたしと張りあう気？　多少可愛いとはいえ、看護婦の分際で。

すぐ横に気配を感じる。振り向いたら、伊良部が鼻の穴を広げ、興奮した様子で針の刺さった腕を見ていた。

なんなのよ、この病院は——。広美は気持ちが悪くなった。

注射を終え、再び伊良部と向きあう。さっきより距離がせばまっている気がした。

ミニスカートを穿いてきたことを後悔した。膝を固く閉じ、手で裾を押さえた。

「広美さん、もちろん独身だよね」伊良部がうれしそうに聞く。

「あ、はい」答えながら鳥肌が立った。広美さん、だって？

「ぼくも独身。ぐふふ」

伊良部が頭を掻《か》き、フケがパラパラと落ちた。思わず腰を引く。

「この病院の跡取りで、乗ってる車はポルシェで、B型のてんびん座」

だからなんなのよ。あんたが自己紹介してどうする。

「歳は三十五だけど、そうは見えないでしょ。若く見られるし」

嘘だろう？　四十五に見えるぞ。

「あのう、診察は……」遠慮がちに口を開いた。

「あ、そうだね。一応聞いとかなくっちゃ」やっとのことで机のカルテに向かってくれた。

「広美ちゃんは、どうして不眠になったのかな」

ちゃん、になっている——。広美は泣きたくなった。

広美は気を取り直し、体調不良の原因を話した。誰かに尾行されていること。警察に相手にされなかったこと。友人には気のせいだと思われていること。

不快だが仕方がない。医師には正直に話した方がいいと思い、すべてのいきさつを説明した。

「大変だね。世の中には変な奴がいるからね」

そうだよ、おまえみたいな奴がな。

「ボディガードをしばらく雇ってみたらどうかな」

うん？　伊良部は信じてくれたのか。安堵の気持ちが湧きおこる。

「でも、そんなお金ありませんし」

「ぼくがやってもいいんだけどね、タダで。ぐふふ」

体の力が抜けた。もちろん辞退する。早く退散しようとバッグに手を伸ばしかけた。

「イメージを変えるっていうのもひとつの手かな」伊良部が二重顎を撫でながら言った。「向こうは、頭の中で勝手に広美ちゃんのイメージを増幅させてるわけだから、それを一度ぶち壊してやればいいんだよ」

広美の手が止まった。

「こんな話があるよ。ハリウッドのとある女優がストーカーにつけ回されてたんだけど、あるときストーカーが家までやって来て、その女優は知らずに部屋履きにスッピンで玄関に出たわけ。そしたらストーカーの奴、女優が思っていたよりずっと小柄でフケてたから、いっきに熱が冷めて、そのままおとなしく帰っていったんだって」

もう一度手を膝の上に置いた。

「要するにそのストーカーは、ハイヒールを履いて、ばっちりメイクをしたスクリーンの女優に妄想を抱いてたんだね。だから実物を見て落胆しちゃったわけ。広美ちゃんも一度スッピンで出かけてみたら」

やや伊良部を見直した。あながち馬鹿でもなさそうだ。

「あるいは、朝、くたびれたジャージ姿でゴミを出して、お尻をボリボリかくところを見せるとかね」

「わたし、それくらいなら、できるかもしれません」

一筋の光明を見た気がした。そうか、相手を幻滅させればいいのか。

「いっそのこと、くわえタバコで股ぐらをかくとか」

それはさすがにいやだ。でも、手段は見つかった——。

「じゃあしばらく通院してね。体調を整える注射を打ってあげるから」

伊良部がまた歯茎を見せる。ここに通うの？　でも「はい」とうなずいていた。

薄気味の悪い男だが、一人で悶々としているよりはいいか。自分に言い聞かせた。現に、昨日よりは少し気がらくになった。誰かに打ちあけるというのは、悩みを軽くする効果があるのかもしれない。

退室するとき、伊良部が廊下まで見送りにきた。

「広美ちゃん、これから仕事？　ポルシェで送ってあげようか。ぐふふ」目尻を下げている。

広美は頰をひきつらせながら、なんとか笑顔で断った。

ポルシェ程度で自慢するんじゃねえよ。腹の中で罵《ののし》った。こっちはベンツだってフェラーリだって、ほとんどの高級車の助手席は体験済みなのだ。

外に出ると、また視線を感じた。くそお、このオタクが。

周囲にハンサムな男がいないことを確認して、アスファルトに痰《たん》を吐いた。

前から歩いてきた主婦がぎょっとして広美を見る。

事情があんだよ、事情が。声が喉まで出かかった。

2

翌日は国際展示場で開かれたゲームショーの仕事だった。契約したメーカーのブースで、パンフレットを配布したり、商品の説明をしたりする。もちろん、被写体の役割も。支給されたコスチュームは深紅のミニのワンピースで、胸元の露出がファスナーで調整できるものだった。

広美はその朝、いつもどおりの化粧と服装で家を出た。ミニスカートにハイヒール、胸の開いたカットソーというういでたちだ。伊良部の提案に従うつもりだったが、鏡を見ているうちに気が変わった。広告代理店の担当者に、いつハンサムな若手社員が現れるとも限らない。もしそうなったら、スッピンに色気のない衣装では絶対に後悔する。

チャンスはどこに転がっているかわからない。仕事がハネたあと、食事に誘われる可能性だって少なくはないのだ。

その代わり、家を出たところで鼻をほじった。すでに人の気配を感じていたので、辺りを睨みまわし、十秒ほど念入りにほじった。

ショーは盛況だった。広美のもっとも嫌いな色白のデブたちが、そこかしこで群れをなしている。

もっとも感情を顔に表すことはない。広美は商品の横に立ち、来客者たちに笑みをふりまいた。背筋を伸ばし、胸を張って。補整下着をつけているから、自然と姿勢もよくなった。職業上の習慣だった。街角に立っていても、ときとして「モデル立ち」しているときがある。

「ねえ、広美」厚子が声を低くして近寄ってきた。「テレ中の『トゥモロー』が来てる」

「うそォ」

広美の心が躍った。テレビ中央の『トゥモロー』といえば、高視聴率で知られる深夜情報番組だ。

「それから『宝物』も」

『宝物』は若い男の子たちに人気のグラビア雑誌だ。

もうすぐ実演イベントが始まる。きっとそのとき取材陣が集まるのだろう。

広美は、パンフレットの補充をするふりをしてセットの裏に行き、化粧をチェックした。いつもより、化粧のノリが悪い。舌打ちした。仕方がないので胸のファスナーを三センチ下ろした。

所定の位置に戻ると、マスコミより先にカメラ小僧たちがステージ前を占拠していた。どけよ、このオタク共が。おまえらのために胸の谷間を披露するんじゃねえぞ――。白い歯を見せながら、心の中で吐き捨てる。

ただすべてが本心ではない。子供のころから、写真を撮られるのは大好きだ。

ファスナーの効果なのか、カメラ小僧たちのレンズが広美に向けられた。

いくつものフラッシュが焚かれる。連続するシャッター音。

見られている快感が広美の中を駆け巡る。一段高い所からカメラ小僧たちを見下ろし、ポーズをとった。片足を前に出し、太ももを見せた。

ほーら、パンチラも撮らせてやろうか。どうせ今夜はわたしをオカズにマスでもかくんでしょ。

何かを支配した気分になる。広美の快感はますます高まっていった。

しばらくするとカメラのレンズが隣に向きだした。ふと横を見る。同じ事務所で十九歳のエミリンが得意顔でフラッシュを浴びていた。

なによ、デビューの予定もないのに芸名なんかつけちゃって。あんたのバストはガムテープで寄せてるだけだろう。

広美は腰を曲げ、手を前に交差させ、胸の谷間を強調した。

ついでに唇をすぼめて見せる。広美の勝負ポーズだ。

すると効果はてきめんで、再びカメラのレンズを独り占めすることとなった。

勝って当然だと思った。短大生のバイトとは格がちがう。すでにキャリアは五年で、自分をどう見せればいいかはわかっている。

待っていたマスコミがやってきた。まずは雑誌の『宝物』だ。

係員がオタク共を脇に移動させた。パンフレットを配っていたコンパニオンたちがそれとなくステージ近くに寄ってくる。指名のチャンスを待っているのだ。

髭のカメラマンがコンパニオンを見回した。しばし沈黙が流れる。

「ええと、君と君と君」それぞれを指で差す。「そこに並んでくれる」

広美はその中に入っていた。小さな安堵とともに優越感が湧きおこる。一応、見る目はあるようね——。カメラマンに口の端だけで笑みを投げかけ、抜け目なく中央の位置を確保した。厚子は指名漏れした。可哀想とは思うが仕方がない。厚子はきっと平凡な主婦になるのだろう。性格はいいが華がない。

「じゃあ笑ってー」

カメラマンの注文に、広美は自慢の白い歯を見せた。フラッシュが焚かれる。三年前、歯科医と付き合ってタダで歯列矯正をしてもらった。済むなり逃げた。疚《やま》しさはまるでない。若くて美人のギャルとさんざん楽しんだのだ。向こうが得したくらいだ。

自発的にポーズを変え、胸の谷間を見せてやる。

カメラマンが色めき立ち、シャッター音がいっそうせわしなく響いた。

撮影が終わると記者がやってきた。

「名前と年齢、スリーサイズを教えてくれるかな」軽いノリで聞いてくる。

広美は年齢を二つごまかし、スリーサイズは上下を多め、真ん中を少なめに答えた。

「いつ発売の号に載るんですか。大きく扱ってくださいねー」甘い声を出し、記者の腕を揺すった。

記者が照れている。ゴミみてえな写真スペースなら承知しねえぞ。腹の中で言っていた。

そのとき、横で撮影が始まった。なんだろうと振り向く。

エミリンが単独でフラッシュを浴びていた。

広美は信じられなかった。あんなの、若いだけじゃないか。

厚子の隣に行き、「なんであの子がピンなのよ」と低くささやいた。

「いいじゃないの、広美、撮ってもらえたんだから」厚子が口をとがらせている。

「あのカメラマン、ロリコンなんじゃないの」

ふつふつと怒りが込みあげてきた。あの小娘が単独なら、写真の扱いは決まったようなものだ。冗談じゃない。この中じゃ自分がナンバーワンなのに。

だから『トゥモロー』のテレビクルーが来たとき、広美は、胸のファスナーをさらに二センチ下ろしていた。

イベントは佳境に入っていた。照明が落ち、激しいビートのBGMが流れる中だったので、広美は胸を揺らしダンスをしてやった。

踊りながらカメラマンに色目を遣う。狙いどおりにカメラを担いだ男は鼻の下を伸ばし、ステージのすぐ下にやってきた。ローアングルからパンし、全身を舐めるように撮られる。

カメラが顔の正面にきたところでウインクをした。決まったと思った。

どさくさ紛れに厚子が寄ってきた。カメラが引いてツーショットになる。

まあいいか。親友だし、おすそ分けをしてあげよう。

二人、三人と広美の周りに集まってきた。ますますカメラが引く。

ちょっとォ。あんたたち、図々しいんじゃないの。わたしが撮られてるのに。

一人が身を乗りだし、カメラに向かって投げキッスをした。

レンズがズームし、アップになったのがわかった。なんてことだ。いちばんおいしいところを、ほかの女に――。

いつの間にか、おしくらまんじゅう状態になっていた。

広美が中心から押しだされる。なんて浅ましい女たちだ。

負けていられない。広美は深呼吸し、拳を握り締めた。胸のファスナーをさらに一センチ下げ、女たちの中に分け入った。

ふとステージの下を見たら、クライアントの中年社員があんぐりと口を開けていた。

若くて金持ちでハンサムな男以外にどう思われようと、広美には関係のないことだった。

大音量のＢＧＭが耳をつんざき、色とりどりのライトが女たちを照らしていた。


ワンルームマンションの自宅に帰ったのは十一時を過ぎていた。広美はシャワーを浴びたのち、テレビの前に陣取った。今日のショーが放映されるのをチェックするためだ。

もちろんビデオもセットした。自分が少しでも映った番組は、すべてビデオテープに保存してある。

床にあぐらをかき、髪を乾かしながら、テレビを見た。ときおりポテトチップスをつまむ。

今日のクライアントはとんだシブチンだった。控室に出前ピザを用意し、それで済ませたのだ。

おまけに数も不充分だった。

ホテルのレストランからデリバリーぐらいしろよな。コンパニオンはみんなブーたれていた。

『トゥモロー』が始まる。最初のコーナーでゲームショーは取りあげられた。

広美は映っていた。しかしそれはたったの三秒ほどで、とても満足のいく戦果ではなかった。案の定、投げキッスをした女がアップで映っていた。

こんなものか――。足を投げだし、ため息をついた。インタビューでもされない限り、映るのは数秒がいいところだ。

ペットボトルのジュースを飲み、髪をブラシでといた。長いと手入れが面倒だが、なかなか切る決心がつかない。肩にかかる髪をひと振りする。その仕草で男を惹きつけることに、すっかり味をしめているからだ。

ブラッシングの手を休め、チャンネルを『ビューティフル』に替えた。若い女がたくさん出てくる深夜のバラエティ番組だ。

広美はこの番組に出るのが当面の目標だ。レギュラーになれば「ビューティガールズ」としてたちまち名が売れる。

画面の奥に見たことのある顔を発見した。以前、一緒にレースクイーンをやっていた女だ。どうしてこの女が――。顔が熱くなった。

いつの間に出るようになったのか。たいして美人でもないくせに。

ミニスカート姿で脚を組んでいた。司会者にエッチな話を振られ、「わかんなーい」とシナを作っていた。

なにをカマトトぶってるんだ。昔はレース関係者とやりまくっていたくせに。この番組だって、どうせスポンサーとでも寝て仕事をとったんだろう。

頭に血が昇り、唇が震えた。見たくないのでスイッチを消した。

ベッドに俯せになる。枕に顔を埋めた。

二十四歳か。口の中でつぶやいてみた。

多少サバを読むにしても、タレントになるにはそろそろ限界だ。

有名になりたい。大きなステージで、スポットライトを独り占めしたい。

果たしてそんな日は訪れるのだろうか。焦燥感が喉元まで込みあげてきた。

一発逆転を狙ってヌードにでもなるか。

でも、乳首の形、自信ないし……。

今夜もうまく寝つけそうになかった。


「薬を飲んでも眠れないんだ」

この日の伊良部は髪をジェルで撫でつけていた。散髪に行ったらしく、前回ほどの不潔感はない。白衣も糊がきいていた。

「ま、軽い薬だったからね。今日はもう少し強めのを出してみるよ」

足元を見ると、サンダルではなくフェラガモのシューズを履いていた。

おまけに強烈な香水だ。広美はむせかえりそうになるのを懸命にこらえている。

「さ、さ。まずは注射ね」

またしても注射を打たれた。マユミという看護婦は胸のボタンを三つも外していた。対抗する気？　つい自分も外しそうになる。

「広美ちゃん、ほんと女優さんみたいだね」

椅子に向きあうと、伊良部はうれしそうに歯茎を出し、広美を上から下まで眺めた。

「あ、いえ」自分でもそう思っているが、一応かぶりを振る。

「化粧なしで歩いてみたりした？」

「それが、まだ」

今日も化粧なしでは家を出られなかった。スカートはミニだ。

午後から大手代理店で次の仕事のミーティングがある。ほかのコンパニオンたちはきっと着飾ってくるはずだ。自分だけスッピンにラフな服装というわけにはいかない。

「相変わらず誰かの尾行は続いてるわけ」

「そうなんです。朝、家を出た瞬間から始まるんです」

今朝は道端に痰を吐いたうえで、ゴミ置き場の段ボール箱を蹴飛ばした。

斜向かいのたばこ屋の老女が、眉をひそめていたが、知ったことではなかった。

「広美ちゃん、美人だもんなあ。あとをつけたくなる気持ちもわかるよ」

おい、わかるな。つい声をあげそうになる。

「美しい花に蝶が集まるようにさ」

それは理解できた。問題は蛾《が》も来ることなのだ。

「でさあ、やっぱりボディガードをつけるのがいちばんいい方法だと思うわけ」伊良部が身を乗りだす。顎の肉がゆさゆさと揺れた。「しばらくの間、ぼくがボディガードをすることにしたから」

「はあ？」広美は耳を疑った。

「だから、ぼくが広美ちゃんのそばについていてあげるって言うの」

　こいつ、本当に医者か。返す言葉がない。

「ポルシェで送り迎えしてあげるよ。ぐふふ」

　伊良部が気味悪く笑った。背筋に鳥肌が立つ。

「……いえ、結構です」広美はやっとのことで返答した。

「遠慮なんかしなくていいのに」

「遠慮じゃありません」腹が立ったのできつい調子で言った。

「なんだ、残念だなあ」

　伊良部が子供のように口をすぼめている。この男になんとか言ってやれよ。そう思って看護婦を見ると、マユミという女は隅の診察台に寝転がって雑誌をめくっていた。

　頭が痛くなる。こいつらに比べ、自分はなんて真っ当なんだろう。

「ところで、そのストーカーっていうのは一人なの」と伊良部。

　広美には虚を衝《つ》く質問だった。そんなこと、考えもしなかった。

「昼夜を問わず、行くところすべてに現れるっていうのは、物理的にむずかしいし、もしかして複数いるかもしれないね」

ありうると思った。なにせこの美貌だ。妄想を抱く男が何人いたところで不思議はない。むしろ一人と限定する方が不自然だ。

「そうかもしれません」胸の中で不安な気持ちが充満した。「先生、どうしたらいいですか」

「だから、この前言ったイメージを変えるとかね。髪でも切ってみたら。あのね、ぼく、ショートヘアも好きだったりするの。ぐふふ」

伊良部が身をよじっている。広美は深くため息をついた。

「広美ちゃん、きっと似合うと思うなあ」

髪は切りたくない。化粧や服装を変えるのだっていやだ。広美にとってそれは、侍が刀を捨てるようなものだ。

「そうじゃなければ、いっそ、ストーカーの手の届かないところへ行ってしまうとかね」

「……遠くへ引っ越せってことですか」

「ううん。もっと高いところへ昇ってしまうってこと。今、広美ちゃんを追いかけてるストーカーって、きっと、心のどこかで『もしかして手が届くかもしれない』って思ってるんだよ。ほら、広美ちゃんって見た目は派手だけど、どこか庶民的な感じもするし」

むっとした。このわたしが庶民的？　冗談じゃない。短大時代から「無理めの女」として通っているのに。

「それでストーカーに甘い期待を抱かせちゃうんだよ。だからもっと敷居を高くして、高嶺《たかね》の花になって、『ああもう自分には手が届かない』って諦めさせるのもひとつの方法なわけ」

伊良部がのんびりとした口調でしゃべっている。

「昔からストーカー被害に遭いやすいのはアイドルでしょ。どのクラスにもいそうな女の子を演じて、それで人気を得ているから。逆にスーパーモデルなんかになると、男どもは遠くから眺めるだけで、自分のものにしようなんて思わないわけ」

確かに一理あった。そうか。自分はまだ甘かったのだ。ダサイ男には、「自分と絶対に釣り合わない」と思わせる。今以上にハードルを高くしなければならないのだ。

よし。もっとゴージャスな女になってやる。もっと自分を磨いてやる。

伊良部も少しはましなことを言うものだ。心なしか、ぶさいくな顔立ちにも慣れた気がした。

「ところでお昼でもどう？　銀座で寿司なんかさあ」

一人にやけている。やっぱりいやだ。冷たい目で辞退し、帰り支度をした。

「じゃあ、広美ちゃんにこれあげる」

伊良部が衝立《ついたて》のうしろから花束を取りだした。見事な薔薇だった。数万円はしたのではないか。さすがは医者だ。金をもっている。

広美の頭の中で小さな閃《ひらめ》きがあった。

「まあ素敵」大袈裟に驚いてみせる。「でも先生、わたし、花よりプラダの新作バッグがいいかな、なんて」続けて、冗談ぽく、得意のシナを作って言ってみた。

伊良部の頬が赤く染まった。「うん、いいよ。プラダだね」

「ほんと」広美は小躍りした。なんて簡単なんだ。

「明日用意しておいてあげる。ぐふふ」

やった。通院中に持ち物をグレードアップしてやる。

伊良部の頬にキスしてやろうと思ったが、脂が浮きでた肌を見て、さすがにそれはやめた。


夕方、仕事のミーティングを終えて、厚子とお茶を飲んだ。

どうやらストーカーは複数いるらしいことを告げた。

「ねえ、大丈夫？」厚子が眉をひそめている。「神経科に相談したんじゃなかったの」

「神経科の医者が言ったのよ。一人じゃ物理的に無理だから、たくさんいる可能性が高いって。

それでわたしも『なるほど』って思ったのよ」

「変よ、その医者。代えた方がいいわよ。それに広美、どうしてそんなこと簡単に信じるわけ。

気のせいだって発想はないの」

「またそうやって人を病気扱いする」広美は口をとがらせた。

「最近の広美、おかしいんだもん。今日だって、廊下で痰を吐いたりして」

「うそォ。見てたの」

「見たわよ。ガニ股でお尻をかくのも」

「それはストーカーを幻滅させるため。あらぬ妄想を抱かせないためよ」

「じゃあ控室で、アシスタントの男の人を『てめえ』呼ばわりしたのはなによ」

「だってわたしに見とれてたんだもん。社員でもないくせに。契約バイトは分をわきまえろってことよ」

「信じらんない」厚子が目を丸くした。

「しょうがないでしょう。こっちは被害者なんだから」

「親友としてひとこと言っていい？　広美、自意識過剰だと思う」

「なによ、自意識過剰って」

「事実だもん。自分が思ってるほど、他人は広美に関心を持ってるわけじゃないのよ」

「ひっどーい。厚子、ひがんでる。わたしの方が目立つもんだから」

「ひがむわけないでしょう」

しばらく口論が続いた。興奮していたのか、ウエイトレスが声を小さくするよう言ってきた。ブスに注意され、余計に腹が立つ。

自分の分だけ会計を済ませ、一人でカフェを出た。また視線を感じる。

「けっ、おまえらの手の届く女と思うなよ」声に出して言っていた。

通りがかった中年男が弾かれたように立ち止まった。口をあんぐり開けて広美を見ている。髪をひと振りし、その場を去った。

どいつもこいつも。ふつふつと怒りが込みあげてきた。

厚子まで疑うとは。伊良部の方がよほど理解がある。

電柱を蹴飛ばしたらヒールがポキリと折れた。

3

その日は結婚紹介所のサクラのバイトだった。広美はピンクのスーツに、伊良部に貢がせたばかりのプラダのバッグを提げ、銀座のホテルへと出かけた。

バイト先の結婚紹介所は、どの雑誌にも広告を打っている有名な会だった。ブスばかり紹介すると、男の顧客から不満が出るので、ときどきコンパニオンたちがサクラとして雇われ、お見合いをする。大半の結婚紹介所がやっているインチキだ。もちろん向こうに気に入られても、会が適当な理由をつけて断ってくれる。

食事をして二時間で二万円。イベント仕事は派手な割にはギャラが安いので、広美には貴重な収入源だ。

ロビーで仲介役の女と打ち合わせをする。

「ちょっとォ、安川さん。派手すぎるわよ、その格好」

「そうですか」

何食わぬ顔で答えたが、女は不満そうだった。

「あなた、今日は電気工事会社の経理事務ってことになってんのよ」

それには答えなかった。一流ホテルのロビーを、ダサイ格好で歩けるものか。

「まあ、いいわ。とりあえず名字だけは変えておいたから、間違えないでね。鈴木広美。二十四歳。東京生まれで親と同居。短大の家政学科を出て現在の会社に就職。趣味は映画鑑賞とお菓子作り」

前回は「読書と刺繍《ししゅう》」だった。毎度笑いたくなる。

「それから先方さんは……」書類をめくっていた。「太田実さん。東京生まれの三十歳。身長百七十センチ、体重七十キロ。多摩高専卒業で、土木会社に勤務……」

女の説明は続いた。相手の年収は四百五十万円。それでどうやって生活するつもりなのか、広美は腹が立ってくる。自分なら一千万円以下は死んでもいやだ。

「それじゃあ、くれぐれもボロは出さないでね」

女に念を押され、「わかりました」と事務的に返事した。

女の先導でレストランに入る。これから二時間の我慢だ。愛想笑いをして、話を合わせていればいい。

窓際のテーブルに、紺のスーツに赤いネクタイを締めた男が座っていた。見事なお多福顔だ。広美を見て、細い目を精一杯開いている。

驚いたか、こんなにいい女が現れて。広美が心の中でほくそ笑む。

男は目尻を下げ、頬を紅潮させていた。

女が互いを紹介した。男は立つと、ハイヒールを履いた広美よりずっと背が低かった。どこが百七十センチだ。おまけにデブで八十キロはありそうだ。

「名前はファーストネームで呼びあいましょうね。その方が親しみが湧くと思うの。おほほ」

女は紹介を済ませると去っていった。テーブルにはフランス料理の前菜が運ばれてくる。

「広美さん、フランス料理はよく食べるんですか。実はぼく、肩が凝って苦手なんですよね」

男のはしゃいだ声だった。

「ええ、わたしも」広美が伏し目がちに答える。

「じゃあ、今度は居酒屋にしましょうね」うれしそうに頬を緩ませた。

今度なんかあってたまるか。二十五万の入会金と一回三万の紹介料を払って、おまえはだまされ続けるんだ。

「しかし、広美さんみたいなきれいな人でも、結婚相手を探すのって大変なんですね」

そんなわけないだろう。おかしいと思えよ。

「うちの会社、既婚者ばかりなんです」しおらしく言っておいた。

「そうなんだよね。結局、出会いがないっていうのが、ぼくたちのいちばんのネックなんだよね。うちの会社も女子事務員は全員パートのおばさんでね」

おまえのネックはもっとほかにあるだろう。痩せるとか。

心の中で罵倒するのが、唯一時間を忘れる手立てだ。このバイトで食事をおいしいと思ったことはない。高級料理なのに実にもったいない話だ。

隣のテーブルに若いカップルがやって来た。何げなく目をやる。男はハンサムで背が高かった。女もまずまずの容姿だった。広美たちにちらりと視線をよこす。

目の前の、冴えない男といる自分が恥ずかしくなった。男はクチャクチャと音を立てて食べているのだ。

「広美さんは、これまで何人の会員と会ったんですか」しかも声が大きい。

「ええと」どうしようかと思い、「今日が初めてなんです」と答えた。

「ぼくは四回目なんですけどね。それというのも、あまりいい人と巡り会えなくて。それで会に文句を言ったら、広美さんを紹介されたわけ」

隣がそれとなく聞き耳を立てているのがわかる。広美は下を向いて顔をしかめた。

「でも、決してお世辞じゃなくて、広美さん、いいセンいってますよ」

かっとなった。どこを押せばそういう台詞《せりふ》が出てくるのか。ブタの分際で。

隣のカップルが目配せし、小さく笑った。恥ずかしさと怒りで顔が熱くなる。

世の中は間違っている。自分の美貌が、こんなケチなバイトに浪費されているなんて。本来なら、ここにいる全員が口を利くこともできないはずの人間だ。

「スタイルだって、悪くないですよ」

「いいかげんにしろよな」

フォークを持つ男の手が止まった。隣のテーブルでも同様だった。

はっとする。自分が言ったのか？　血の気が引いた。

「あの、その、ええと」しどろもどろになった。額に汗が噴きでる。「ここの料理、わたしには全部辛くって、つい文句を。おほほほ」

なんとか切り抜けた。男は困惑しながらも、一緒に笑っていた。

食事を終えて中庭に出た。結婚紹介所にクレームをつけられてもまずいと思い、広美はしとやかに振る舞うことにした。

「広美さん、子供は何人ぐらいほしいですか」

日本庭園の、鯉が泳ぐ池を見ながら男が言う。

「あのう、二人ぐらい」恥ずかしそうに答えた。

「じゃあぼくと一緒だ。ぼくたち、気が合うみたいだね」

くそお。橋から突き落としてやろうか。

「結婚したら、仕事はどうするの」

「わたしは、どちらでも」

「ぼくは辞めてほしいな。ちゃんと家庭を守ってもらいたいし」

年収四百五十万で言う台詞か？　もう怒る気力も湧いてこない。どうしてこの手の男は分をわきまえようとしないのか。

拷問のような二時間を終え、広美はホテルをあとにした。わたしはなんて不遇なんだ。銀座の街を歩きながら、一人つぶやいた。

赤信号で立ち止まったとき、背中に視線を感じた。新しい種類のそれだった。妖気のようなものでわかる。さっきお見合いした男だと思った。

振りかえって見回す。姿はないが確信した。また一人、ストーカーが増えたのだ。

髪をかきむしりたくなった。

こんなことなら、遠慮なく罵倒してやればよかった。

広美はハンドバッグを肩に担ぐと、大股で交差点を歩いた。

「そう、また増えちゃったの。広美ちゃん、魅力的だから、どうしてもそうなっちゃうんだよね」

伊良部は短い脚を無理に組むと、眉を八の字にして言った。

理解者がいたことで、広美は安堵感に包まれる。

厚子に電話で話したら、「わたし、付き合いきれない」と冷たく言われた。ちゃんと話を聞いてくれるのは、もはや目の前の医者だけだ。広美の中で伊良部のランクが上がる。「抱かれたくない男ナンバーワン」だったのが、ナンバーツーくらいにはなった。

「ストーカーって関係妄想なんだけど、最初は現実逃避で始まるわけ。自分が置かれた境遇に満足できなくて、それを世の中や他人のせいだと思うことによって、自分を正当化しちゃうから、罪の意識が全然ないんだよね」

まったくそのとおりだ。ストーカーたちに聞かせてやりたいものだ。

「要するに自分だけの鏡を持ってるんだよね。そこに映る自分は、かっこよくて、異性に好かれるはずで、他人も同じように見ていると強烈に思いこんでいるわけ」

よくぞ言ってくれた。広美は溜飲が下がる思いがした。

「だから自分を疑わない。自意識過剰ってやつかな」

うん？　誰かが言ってた気がするが……。まあいい。とにかく自分は被害者なのだ。

「先生、どうしたらいいんですか。慣れたせいか恐怖心は薄らいできたんですが、もう毎日うっとうしくて、うっとうしくて」

広美が訴える。苛々《いらいら》は積もるばかりだ。

「イメチェンがいやで、すぐには手の届かない場所に行けないとなると……」伊良部が思案顔で顎を撫でた。「ストーカーの関心を別の人間に向かわせるという手もあるかな」

「別の人間に？」

「アイドルの共演者が、ファンからいやがらせを受けたりするでしょ。ラブシーンがあったりすると、本人でなく相手役にカミソリが送られてきたりするじゃない。自分たちのアイドルとキスをするなんて許せない、なんて。あれを広美ちゃんもやってみたら」

「つまり、わたしが誰かとデートして、それをストーカー共に見せつけるんですね」

「そう。夜のお台場かなんかでハンサムな男とブチューとキスして、現場を目撃させるわけ。たぶん嫉妬に狂って、今度はその男をつけ回すんじゃないかな」

広美は思わず身を乗りだし、うんうんとうなずいていた。

やってみる価値はありそうだ。みんなわたしに惚れている。冷静ではいられないはずだ。伊良部のランクがナンバースリーになる。

卑劣な手段だとは思わなかった。自分がいちばん大事だ。

さて、誰にその重責を担わせるか。家がパチンコ屋で大学八年生のヨシ坊にするか。妻子持ちで不動産屋のスーさんにするか。作家で都議のヤッシーにするか。電話一本で駆けつけてくる男はいくらでもいる。遊んでいてよかった。芸は身を助くだ。

考えこんでいると、「広美ちゃん、それ、ぼくがやってあげるね」と伊良部が言った。

「はい？」

「ぼくん家《ち》、セキュリティはバッチリだから危険はないし、広美ちゃんのためならなんでもできると思う。ぐふふ」身をよじっている。

「いえ、先生に、そんな」あわててかぶりを振った。誰がおまえなんかと。

「そんな、遠慮じみたこと言わないでさあ、広美ちゃん」

伊良部が甘えた声で手を伸ばしてきた。えっ？　手を握られた。

「先生、ちょっと、何をするんですか」

看護婦に助けを求めようとするが、こちらを見もしなかった。

「ぼく、なんだか、広美ちゃんのこと、好きになっちゃったみたい」

立ちあがり、鼻の穴を広げて迫ってきた。冗談じゃないぞ。この変態医師が。

「やめてください」体を引く。「いいかげんにしろっ」手で触るのもいやなので、足で伊良部を遮り、そのまま蹴飛ばした。

伊良部がよろける。ソファに尻餅をつくと、ソファごとうしろに転がった。

ゴンといういい音が部屋に響く。床に頭をぶつけたらしい。

「ううっ」という伊良部のうめき声。上からのぞきこむと、子供みたいにべそをかいていた。

「先生が変なことするからですよ」抗議の口調で言った。

「ごめんね、もうしないから」伊良部は口をすぼめている。「一応、思ったことはなんでも実行に移すのがぼくの主義だから」

どういう主義だ。

「でもいま、広美ちゃんのパンツ見えちゃった」涙目ながら笑顔を見せる。

こいつばかりは性格がつかめない。どこにもいなかった種類の男だ。どうやって育てられたのか。広美はスツールに腰を下ろすと、大きくため息をついた。

伊良部は立ちあがり、後頭部をさすりながら「タンコブできちゃった」と歯茎を出して笑っていた。

ふと伊良部を見る。気づかなかったが、今日は白衣の前ボタンを外していた。中に着たスーツはかなり高級そうだ。広美の視線を察知したのか、伊良部は「これ、エルメス」と、子供がおもちゃを自慢するように内側のタッグを見せた。

そういえば、前回はバーバリー・チェックのセーターを着ていた気がする。その前はフェラガモの靴だ。

伊良部のおしゃれはエスカレートしている。だいいち、初診のときはボサボサ頭にサンダル履きだったのだ。

顔をまじまじと見つめる。眉が剃りそろえてあった。肌に脂は浮きでていない。

「ぼく、メンズエステに通うことにしたの」伊良部が頬に手を添え言った。「いつ女性患者と恋に落ちるかわからないからね。ぐふふ」

広美は激しい脱力感に襲われた。わからん。この男だけはわからん。

だが、エルメスの名が出たのなら、この機会を逃すわけにはいかない。

「先生、とってもお似合い。わたしもエルメスのスーツ、欲しいな、なんて」

女の性《さが》なのか、条件反射でシナを作っていた。

「うん、いいよ」伊良部が鼻の下を伸ばしている。「次はデパートの外商部を呼びつけておくから」

簡単すぎて張りあいがないくらいだった。

まあいいか。得することはいいことだ。


生《い》け贄《にえ》はフリーカメラマンのウッチーにした。女とやることしか考えていない最低の男だ。これなら万が一のことがあっても良心が痛まない。

ウッチーがストーカーたちの標的になる。うしろから刺される。ストーカーグループまとめて検挙。尾行から解放される——。広美はそんなシナリオまで思い描いていた。

「たまには会いたいィ」電話で鼻声を出したら、尻尾を振って駆けつけてきた。

「うれしいよなあ。広美がおれのこと、誘ってくれるなんて」

愚か者め。何も知らないで。

この段になると、男はすべて道具にしか思えなくなった。自分にも処女のころがあったのが信じられない。

たぶん、我が身の価値を知ってしまったのだろう。見物人が寄ってくるのに、見物料を取らない馬鹿はいない。

ウッチーの運転するボルボで首都高に乗り入れた。早速、追っ手の気配を感じた。車まで用意しているのだから、敵ながらあっぱれだ。

広美は振りかえり、後続車の様子をそっとうかがった。

「広美、うしろ、どうかしたのか」ウッチーが訝《いぶか》る。

「ううん、べつに」素知らぬ顔で答えた。

レインボーブリッジの夜景が見えてきた。その向こうには、イルミネーションが瞬く大観覧車も。

「この時間、観覧車は行列できてんだろうなあ」とウッチー。

「お台場海浜公園でもいいよ。夜景がきれいだし」

「だったら展望広場の方は？　街灯がないから熱々のカップルだらけ」

「だーめ」

悪戯っぽく言った。暗がりではストーカーたちがウッチーの顔を覚えられない。食事をして、街灯の下でキスシーンを見せつけ、ホテルにチェックインするのが広美の計画だ。

ただし手は出させない。生理が来ちゃった、と逃げる手筈だ。

レインボーブリッジにかかり、曲がりくねっていた首都高が直線になった。

前もうしろも、いっきに見晴らしがよくなる。

追っ手を確かめようと振りかえった。そのとき、広美の全身に悪寒が走った。

もはや車の一台や二台ではない。ヘッドライトを照らす後続車のすべてが追っ手だった。

信じられない。何が起きたのかもわからない。

唇が震えた。手で覆う。その手も震えた。

「おい、広美。どうした」

「ううん」かぶりを振った。もはや自分の顔に血の気はない。

隣の車線を大型トラックが追い抜いていく。並んだとき、運転手が広美を見た。口の端で笑ったように見えた。

「顔色悪いぞ。酔ったのか」

「ううん」その言葉しか出てこない。

これは現実か？　脳がじんわりと痺《しび》れてきた。頭の中に、痒《かゆ》みのようなものを覚える。

「どうした。気分でも悪いのか。路肩に停めるか」

とうとう自分は、すべての男の妄想の対象になってしまったのか。

明日から、どうやって生きていけばいいのか。

「おい、大丈夫か。返事しろよ」

ウッチーの声の、高音部が抜けて聞こえた。牛が哭《な》くような声が、広美の鼓膜を鈍く震わせていた。

4

外出するのがいやになった。広美は毎日布団にくるまる生活を送っていた。

コンビニで買い物をし、会計を済ませて出ると、店員があとをつけてくるのだから気が変になりそうだ。クリーニング屋の店主も、出前ピザのバイトも、広美を見たとたん、美貌に魅せられ、ストーカーに早変わりする。

仕事もいくつかキャンセルした。とても笑顔をふりまく気分ではなかった。オタク共に取り囲まれたら、罵声を浴びせてしまいそうだ。

厚子には何度も助けを求めたが、相談に乗ってくれるどころか、広美を怖がるようになった。

「ねえ広美。一度生活を変えてみたら？　この仕事辞めて、普通の会社勤めをしてみるとか」自宅にやって来て、おそるおそる言う。

信じられなかった。東大出がビルの建設現場で働くか？　五輪の金メダリストが新聞配達をするか？　この美貌の持ち主が、どうしてコピー取りやお茶汲みをしなくてはならないのか。

「厚子、ライバルを減らしたいんじゃないの」思ったことをちゃんと口にした。

「うそォ。それ本気で言ってるの？」目を丸くしていた。

「言っておきますけど、わたしは厚子のことライバルだとは思ってませんから。わたしの目標はもっと高いの」

厚子は目を吊りあげると、ものも言わずに出ていった。以後、厚子とは会っていない。電話連絡もとっていない。

伊良部だけはわかってくれた。広美の災難に同情し、「無理に外出しなくてもいいんじゃない」と言ってくれた。

抱かれたくないことに変わりはないが、食事ぐらいなら奢られてもいい気になった。

「調子が悪いときってね、無理をしないのがいちばんなの。ぼくも気分が乗らないときは、さっさと休診にしちゃうし、あはは」屈託なく笑っている。

一度馬鹿に生まれ変わってみるのもいいかもしれない。さぞや悩みが少ないことだろう。

「それよりさあ、広美ちゃん。今度ぼく、二重瞼に整形してみようと思ってるんだけど、どうかなあ」

「はい？」耳を疑った。

「鏡を見ているうちに、瞼を二重にしたらもっとかっこよくなれるんじゃないかって思ってね」

めまいがした。返す言葉が見つからない。

「広美ちゃんは、整形してるの？」

「してません」

語気強く答えた。本当は、鼻筋を少しいじっている。

「顎ももう少し前に出そうかなって」

伊良部は、いつの間にか手鏡を持っていた。自分の顔をいろいろな角度から映し、見入っている。よく見れば、毛先を微妙に染めていた。服装も、今日はイタリアンだ。

その歳でおしゃれに目覚めたというのか。むだな努力を。

「先生、それより顎の周りの贅肉を除去したらどうですか」つい言ってしまった。

「それ、どうするわけ」伊良部が身を乗りだしてきた。「うち、整形外科はないから、よくわかんないんだよね」

「脂肪を吸いとるバキューム装置があるんですよ……」

請われて説明する。伊良部が「ふんふん」とうなずく。

何が悲しくて、こんなレクチャーをしなくてはならないのか。こっちは患者だぞ。

広美は気が滅入るばかりだ。毎日百回はため息をついている。


久しぶりに事務所に顔を出すと、女社長に厭味を言われた。

「人手は足りてるのよ」

机で帳簿を開き、電卓をたたいていた。

えらそうに。ロクな仕事も取れないくせに——。声になりそうなのをこらえる。

「何かご不満?」

「いえ……」目を合わせないで会釈した。

事務所を間違えたな。広美はとっくに後悔している。もっと力のある芸能プロに入っていれば、今頃は売れっ子タレントのはずだ。

ホワイトボードのスケジュールを確認した。自分の名前のところにはまばらにしか仕事が入っていない。

仕方がないか。三回も穴を空けてしまったのだから。

掲示板にも目をやった。ここには各種オーディションのチラシが張ってある。

「第一回ムービースター・コンテスト」という文字が目に飛びこんだ。顔を近づけ主催者を見ると、業界最大手の映画会社だった。

一瞬にして気がはやる。大手映画会社ならデビューは確実だ。賞金は一千万円だった。かなり大がかりなコンテストだ。グランプリ受賞者は、秘蔵っ子として大々的に売りだされるのだ。

「第一回」なら会社のメンツもかかっている。

詳細を読んだ。「シンデレラ部門」や「女優部門」など、いくつかのカテゴリーに分かれていた。自分は女優部門だ。大人の女優を目指してやる。

「社長」声を発していた。「わたし、これに出ます」

「あら、それ？　安川さん、バラエティ志望じゃなかったの」

「実は女優志望だったんです」どうだっていいだろう。芸能人は芸能人だ。

「うちからはエミリンが出るのよねえ」なにやら思案している。「事務所としては、『この子がうちのイチオシです』って売りこむわけだから、できれば一人の方が……」

あんな小娘がイチオシ？　頰がひくひくと痙攣《けいれん》した。

広美は感情を抑え、「お願いします」と頭をさげた。

「まあ、一次の書類審査ぐらいならいいか。わかった。申しこんでおいてあげる」社長が眼鏡に手をやり、上目遣いで言う。「その代わり、コンパニオンの仕事、急に休んだりしないでよね」またデスクワークに戻った。

ふん。恩着せがましいことを。選ばれたら、おまえなんか鞄持ちにしてやる。

「あ、そうだ。安川さん」社長が顔をあげる。「歳、いくつにしとく?」

「……二十歳でお願いします」

社長はしばらく間を置いたのち、「そうね」とひとりごとのように言い、書類を机でトントンと揃えた。

「失礼します」挨拶をして、事務所を出る。広美は鼻をほじり、社名のプレートにこすりつけた。

なんだ、あんな社長。売れないタレントあがりのくせして。二時間ドラマの「シャワー要員」だったことも知ってるぞ。

通りを歩くと、またしてもストーカーたちが広美のあとをつけてきた。もはや軍団の様相を呈し、常時百人以上の気配を感じる。

好きなだけまとわりつけばいい。今のうちだけだ。もうすぐ自分は映画女優だ。手の届かないところへ行くのだ。

ブティックのショーウインドウに自分の姿を映した。ポーズをとる。

見事な腰のくびれ。上を向いたヒップ。突きでたバスト。完璧だと思った。

にっこりとほほ笑んだ。純白の歯がこぼれる。

確信した。選ばれるのは自分だ。これ以上の女など、存在するわけがない。

気持ちがぐんぐんふくらんできた。

通りがかった中年男が、じろじろと広美を見た。

「おっさん、生で見られるのは今のうちだからね」凄むように言ってやった。

男がびくっとして歩道の隅に進路を変える。その姿がおかしくて、広美は声をあげて笑った。

やっと本来の自分になれる。みんなの視線を独り占めする、ヒロインたる自分に。

その場でしばらく笑い転げた。道行く者全員が広美に視線を浴びせたが、美しいのだから当然だと、意にも介さなかった。

伊良部にオーディションの件を話したら、応援すると言ってくれた。

「鉢巻締めて声援を送ってあげる」目を輝かせている。

会場は教えないことにした。この病院へ通うのもあと少しだ。


一次の書類審査は余裕で合格した。

応募総数十万人の中の二百人に選ばれたと聞かされても、まるで驚かなかった。

ズブの素人がふるいにかけられただけのことなのだ。たぶん二百人は、全員がどこかの事務所に所属してるはずだ。「友だちが勝手に応募したら受かっちゃったんですぅ」なんてことは絶対にない。審査員が見るのは、一にも二にも本人のやる気なのだ。

競争はこれからだ。広美はエステに通い、美貌に磨きをかけた。あれほど荒れていた肌が、すっかり艶を取り戻していた。肌には体調がすぐに表れる。きっと健康を取り戻したのだ。

二次審査はイベント・ホールを貸し切りにして行われた。

面接、水着審査、得意芸の三つをステージでこなし、各部門で十名程度が本選に進むことができる。

広美はもちろん自信があった。主催者が正統派の美人女優を求めていると聞き、飛びあがりたくなった。なんて自分に有利なんだ。そして毎日鏡を見ているうちに、この美貌は世界一なのではないかと思えてきた。

まずは日本で女優デビューして、三年後にはハリウッドに進出しよう。これは夢ではなく、計画だ。広美はここ数日、これまでとは一転してハイな気分が続いている。

控室はただの大部屋で、だだっぴろいスペースにテーブルや椅子が並べてあるだけだった。出場者たちはそれぞれ場所を確保して、メイクに余念がない。

知った顔も何人かいた。オーディション荒らしの女たちだ。ガンを飛ばすことはあっても、互いに挨拶を交わすことはない。

「あら、広美先輩も一次に受かったんですね」

その声に振りかえると、事務所の後輩、エミリンが立っていた。

「よかった。知り合いがいて」

嘘をつけ。内心焦っているくせに。

「でも、広美先輩が二十歳だなんて、わたし知りませんでしたよォ」皮肉めかしてほほ笑んでいる。

それで動揺を誘ったつもりか。広美には片腹痛かった。こっちは年季がちがう。過去にはライバル同士で、飲み物に下剤を入れ合ったことだってあるのだ。

「あんたこそ、水着審査は大丈夫なの。体操とかさせられるみたいだから、ブラジャーがずれてガムテープが見えないように気をつけなさいよ。事務所の恥なんだから」

控室に響き渡る声で言ってやった。エミリンが顔色を変える。

「それから、学校名は言わない方がいいよ。偏差値が低いの、ばれるから」

エミリンは唇を震わせ、自分の場所へ戻っていった。「こわーい」というささやき声があちこちから聞こえる。

かまうものか。これは戦いなのだ。友だちなんかいらない。

トイレに行こうと控室を出た。階段を下りる。「広美ちゃん」と背中に声がかかった。

聞き覚えのある声だ。でもまさか……。

「えへへ。ぼくもオーディション受けることにしちゃった」

伊良部だった。革のジャンプスーツが風船のようにふくらんでいた。

「ぼくも一度映画に出てみたくってね。男優部門に応募したの」

「先生が……ですか？」すぐには感想が見つからなかった。

「そう。合格すれば、医師兼俳優。かっこいいと思わない？」

「……性格俳優部門とか、切られ役部門とか、ありましたっけ」

「ううん。アクションスター部門。青春スター部門っていうのも考えたんだけどね」

頭が痛くなった。これは大手映画会社のオーディションだろう。

「じゃあ先生、書類審査は通ったんですか」

「そういうのはパス。うちのおとうさん、日本医師会の理事で交詢社の幹部だから、あちこちに顔が利くの」伊良部が胸を反らせて言った。「でもさあ、二人で受かったら共演できるね。ラブシーンを演じたりして。ぐふふ」

伊良部は、階段の踊り場にある大鏡に自分を映していた。ポーズをとっている。

ああ、わかった。伊良部はナルシストなのだ。この顔で、この体で、自分はかっこいいと思いこんでいるのだ。

なんてしあわせな男なのか。

「どう、デ・ニーロみたいじゃない？」腕を組み、顎を撫でている。

相手にするのはやめよう。これはどこにでもある、ちょっとした冗談なのだ。それより自分のオーディションに集中したい。

「じゃあ、先生、ここで」足早に走り去った。

トイレの個室で精神統一した。わたしは美しい、わたしがいちばんだ、自分の中で確認する。

大きく深呼吸し、エイッとおなかに気合を入れた。

オーディションが始まった。

面接はミニのワンピースで臨んだ。自慢の脚を披露しない手はない。斜めに揃え、手は膝の上に置いた。

「安川さんは、どんな男性が好みですか」

質問される。広美は考えるふりをした。

「夢を持った人が好きです。そして夢を実現しようと努力している人が好きです」

ありきたりの質問には、少し間を置いてから答えるのがコツだ。その場で考えた印象を与えるためだ。

「自殺しようとしている男の人がいます。あなたはどうやって説得しますか」

「うーん、そうですねえ……」困った顔は見せてもかまわない。ただし愛らしく。「『明日セクシーな妹を紹介してあげるから、それからにして』って言います」

審査員席がどっとわく。快感が背中を駆ける。面接は成功だ。

広美は自分の番が終わると、ステージの下で、ライバルたちの面接を偵察した。視界に入れば、気を散らせることもできる。

エミリンは馬鹿だった。映画のオーディションなのに、「好きな監督は？」という質問に「長嶋さん」と答え、失笑を買っていた。

一瞬、目が合ったのでフンと鼻で笑ってやった。

水着審査は広美の独壇場だった。レースクイーン経験もあるプロポーションに、目を奪われない審査員はいなかった。

ただし初々しさも強調しておかなくてはならない。広美にとってウォーキングはお手のものだが、わざとぎこちなく歩き、そのくせ最後のお辞儀では胸の谷間をしっかりと見せつけた。

エミリンはここでも馬鹿ぶりを露呈した。「はいそこで回って」と審査員に言われ、怪訝《けげん》そうな顔をしたのち、床で前方一回転をしたのだ。

会場が爆笑に包まれ、エミリンは顔をひきつらせていた。

廊下で擦れちがうとき、「あんた事務所の恥だよ」と耳元で言ってやった。

エミリンは頬を真っ赤にし、唇を嚙み締めていた。

もう勝ったも同然だ。最後の得意芸でとどめを刺すだけだ。

広美はディスコダンスを予定していた。面接でミニを着たので、今度はボーイッシュな姿を見せるつもりでいた。アーミールックにベレー帽だ。

控室で着替え、鏡の前でベレー帽を被る。

ガサッという音がした。なにかと思い、一度取ろうとする。

一瞬にして血の気がひいた。

やられた——。目の前が真っ暗になる。

ひいた血が足元まで下りると、反転してずんずん頭まで駆け昇っていった。

帽子にガムテープを入れられたのだ。しかも粘着面を表にして。

「ひどーい!」叫んでいた。「誰よ、こんなことするの」

わかっている。エミリンの仕業だ。

女たちが集まってきた。それぞれが険しい表情で、広美の頭を見ている。その中にエミリンはいない。

帽子は取れたが、ガムテープが髪にくっついていた。頭頂部も、側頭部も。帽子の中全体に仕かけられたのだ。

めまいがした。ショックと怒りで全身が震えた。

「ちょっとォ、エミリン」声を荒らげた。「どこよ、出てらっしゃい!」

女たちが広美から離れていく。かかわり合いたくないという様子だ。

「こんなことして、ただじゃ済まさないわよ」

控室の中を右往左往した。何をしていいのかわからない。喉の奥から激情が溢れ出てくる。

広美はパニックに陥った。

おしまいだ。オーディションは台なしだ。もう二十四歳だ。これが最後のチャンスだったろう。女優の道も閉ざされた。自分は、ただのコンパニオンで終わってしまうのだ。ダサイ男たちの、妄想の対象になるだけの——。

絶望的な気分になった。足がもつれ、真っすぐ歩けない。

気がついたら、会場内をさまよっていた。どこからか男の怒声が聞こえる。

「オーディションも受けさせないとはどういうことだ。冷やかしじゃないって何度も言ってるだろう」

伊良部だった。会場の隅で、顎の肉をゆさゆさ揺らし、係員に食ってかかっている。

「あなた正気ですか。誰のコネだか知りませんけど、その歳でアクションスターになりたいって、無理に決まってるでしょう」

「おまえの目は節穴か。ここにスター候補がいるのがわからないのか」

「とにかく帰ってください。こっちは忙しいんですから」

「あっ、広美ちゃん」伊良部が広美に気づいた。「こいつらに何か言ってやってよ、ぼくは真剣だって」

「あの、すいません。安川広美と言います。わたし、これまでのところ、採点は一位ですよね」

係員にすがり、腕を強く揺すった。

「なんですか、あなたは」係員がたじろぐ。「おい。誰か警備員を呼んでくれ」手にした無線機に向かって声を張りあげた。

「わたし、一位ですよね」

「変なのが二人いるんだ。会場から追っ払ってくれ」

「答えてください」

「一人は太った中年の男。もう一人は頭にガムテープをくっつけた女」

「わたしがいちばんきれいですよね」

「ぼくだっていちばんかっこいいぞ」伊良部が口をはさむ。

あんたは黙ってろ。こっちは人生がかかってるんだ。

「ここにいる広美ちゃんと、一緒に映画に出ようって約束したんだぞ」

一緒にするな。頼むから一緒にしないでくれ——。

うしろから襟首をつかまれた。制服姿の屈強なガードマンが数人いた。担ぎあげられた。力一杯もがいてみたが、抵抗できる道理もなかった。

会場の外に運びだされる。視界が急に明るくなった。ひばりの鳴き声が不意に耳に飛びこむ。

全身の力が抜けた。

広美は、高く澄んだ青空を仰ぎながら、ああ空なんて久しぶりに見たな、と、やけに場違いなことを思った。


髪を切った。どれくらい切ったかというと、赤塚不二夫の漫画に出てくるハタ坊くらいに短く切った。

化粧も服装も変えた。この頭には、濃いアイラインもミニのタイトスカートも到底合いそうになかった。

広美は数年ぶりに普通のジーンズをはいた。セーターもごく普通のものだ。

今はその格好でデザイン会社の見習い社員をしている。事務所の契約を切られ、コンパニオンの仕事は失った。

街を歩いても誰も振りかえらなくなり、当然のように追っ手もいなくなった。

憑《つ》き物が落ちるとは、きっとこういうことを言うのだろう。

身軽になったような、何か忘れ物をしたような。体も心も、全体がスースーした感じだ。

ただ、体調不良はすぐには治らないようで、広美は今でも週に一度、伊良部総合病院で薬を処方してもらっている。

「おかしいなあ、どうして書類で落とされるんだろう」

その伊良部だが、この男はまだ懲りていない様子だ。あちこちのオーディションに履歴書を送りつけているのだ。

「先生はお医者さんなんだから、別に芸能人になれなくてもいいじゃないですか」

「でもさあ、一度くらいはテレビに出たいじゃない」

真剣な眼差しで言うから、つい噴きだしてしまう。

「広美ちゃん、体調はどうなの」

「ええ、よくなってると思います。なんだか、最近体が軽くって」

「鎧《よろい》を脱いだからだね、きっと」

「鎧?」

「よくあることだよ。不良中学生が、転校先でリーゼントをやめたら、いきなり明るく穏やかな少年に戻ったとかね」

「先生、古いですよリーゼントは」

なんとなく納得がいった。これまでの自分にとって、メイクやミニスカートは鎧だった。人間、一度手にした武器はなかなか手放せないものなのだろう。

「もちろん、もうストーカーはいないよね」と伊良部。

「ええ、いません」広美が苦笑する。「でも、最初わたしが訴えたとき、先生、信じてたんですか」

「ううん」あっさり首を振った。「一目で被害妄想だってわかったよ。でもさ、そういう病って否定しても始まらないからね。肯定してあげるところから治療はスタートするわけ。眠れない人に眠れって言っても無理でしょ。眠れないなら起きてればいいって言えば、患者はリラックスするじゃない。結果として眠れる。それと一緒」

広美は伊良部を見た。もしかして名医？

「ところでさあ、ぼく、広美ちゃんのショートヘアも好きなんだけどね。ぐふふ」

目尻を下げて迫ってきた。

「ちょっと、先生、もうしないって言ったでしょう」広美が体を引く。

「ううん。ショートヘアになったから、それはまた別の話なの」鼻から荒い息を吐いていた。

なんという理屈だ。めげるということを知らないのか。

広美は足で遮ると、いつかのように思い切り蹴飛ばした。動きやすいジーンズだから両足でやった。

伊良部がソファごとうしろに倒れる。

ゴンという音が部屋に響き渡った。

フレンズ

1

ケータイのメールを打つ回数が一日二百回を超えた。

一回三円だから一日で六百円になる計算だ。一日も休まないから、基本料金や通話料を合わせて、一月でらくに二万円をオーバーすることになる。

高校二年生の津田雄太は、月に二万円の小遣いを親からもらっていた。「ひとりっ子は待遇がいいよな」と級友は皮肉を言うが、昼食代が含まれているので、実質はもっと少ない。

「それだけあったら洋服でもCDでも買えるでしょ」とは母の弁だ。

まったく時代がわかっていない。今日びの高校生は、誰だってケータイ料金の支払いに四苦八苦しているのだ。

雄太は、ファストフード店でバイトをしてなんとかやり繰りしていた。週に五日、三時間ずつ働いて月に五万円ほど稼ぐ。これでやっと服やCDが買える算段だ。

「じゃあ合わせて七万か。おまえ、おとうさんの小遣い、いくらだと思ってる」

父が顔を赤くして怒りだしたのは先月のことだ。

「勉強の方はどうなってるの。来年は三年生でしょう」

母の小言は朝夕二回の日課だった。

もっとも日が経つにつれて、両親の非難はトーンダウンするようになった。雄太の左手に痙《けい》攣《れん》の症状が出はじめたからだ。

夕食時にもケータイでメールを送り続ける雄太に、父が声を荒らげた。

「いいかげんにしろ。張り倒すぞ」

それでも無視してケータイの画面に集中していると、言った手前、あとに引けなかったのか、本当に頭をはたかれた。

「なにすんだよォ」雄太が抗議する。

父はケータイを取りあげ、リビングのソファに投げつけた。食卓に重苦しい空気が流れる。

その数分後だった。雄太の左手が勝手に震えはじめた。

指先からはじまり、肘《ひじ》に及び、最後はマンドリンでも弾いてるかのように腕全体が上下に揺れた。

あわててケータイを取りに走り、握り締めると、左手の痙攣は治まった。

父と母は蒼白の面持ちをしていた。生唾を飲みこみ、しばらく黙りこくっていた。

「医者へ連れてけ……」父がぽつりと言った。「私鉄の線路沿いにあっただろう、伊良部ナントカって病院が。総合病院じゃなかったっけ、あそこは」

雄太はさほど気にしなかった。メールの打ち過ぎで腱鞘《けんしょう》炎になる友人はいたし、その類いの症状だろうと思っていた。現に右手でも打つようにしたら、以後異常は出ていないのだ。

「おかあさんはね、あなたがいつもケータイを握り締めているのが怖いの」

母の表情は曇りっぱなしだ。中学のころ、雄太が軽い登校拒否になったことを思いだしたらしい。

「バイトが忙しくて医者に行く暇なんかないんだよ」と、暗に小遣いを要求したら、「じゃあ一万円あげるから行って」と母が提案してきた。

おおラッキー。授業もさぼれる。

ただし付き添いは拒否した。十七歳にもなって、母と一緒だなんて格好悪くてしょうがない。母は「神経科」に予約を入れたと言っていた。雄太はとくに疑問を抱かなかった。病院の知識など何もない。区別がつくのは内科と外科ぐらいのものだ。

伊良部総合病院の神経科は建物の地下にあった。ロビーが明るく清潔だったのにくらべ、ここはまるで運動部の部室棟だ。薄暗くて、すえたような臭いがする。
《いま地下室。チョー不安》
早速ケータイで、授業中の友人たちに複数宛メールを送った。病院へ行くことはもちろん前日に送信済みだ。

ドアをノックする。中から「いらっしゃーい」という甲高い声が聞こえた。

《「いらっしゃーい」だって。再びチョー不安》

この程度の早打ちはお手のものだ。一分間に八十文字は打てる。モー娘のコンサートに行って、友人たちに実況中継したことだってあるのだ。

中に入ると、太った中年の医者が一人掛けソファに座っていた。

《カバだよ、カバ。むちゃ不気味》

「津田君だよね。なにしてるの」医者が顎の肉を揺らせて聞く。

愛想はよさそうだ。胸の名札を見ると「医学博士・伊良部一郎」とあった。

「あ、いえ」雄太は曖昧に会釈して、スツールに腰をおろした。

「じゃあ、注射しようか」

「はい？」目を丸くした。

「いいの、いいの。君のおかあさんから、だいたいのことは聞いてるから。おーい、マユミちゃん」

有無も言わせず注射の準備がはじまった。

《いきなり注射。ゲロゲロ》

「ブドウ糖注射だから、心配いらないよ」

注射台に左腕を乗せる。ふといい匂いがしたので顔をあげると、目の前に看護婦の胸の谷間があった。

《デカ乳看護婦登場。谷間モロ見え。たまんねえー》

たちまち性器が首をもたげた。

「腕の力、抜いて」

看護婦の声はつんけんしていた。不機嫌そうでもある。

そんなことはどうでもいい。雄太は童貞なので、女の柔肌を身近に感じるのは初めての経験だ。

ケータイを右手に持ち替えた。看護婦が屈みこみ、今度は白衣の裾から太ももがこぼれ出た。

《パンツも見えそう。たまんねー。ウソじゃないよ、ウソじゃないよ》

首筋に鼻息がかかった。なんだろうと振りかえる。紅潮した伊良部の顔がすぐ肩のところにあった。

《ヤッベー。メール見られた。マジ、ヤッベー》

心の中で思ったことなのについ打ってしまう。ただ、咎められることはなかった。伊良部は何かに興奮した様子で、雄太の左腕を凝視するばかりなのだ。

注射が終わると、伊良部と椅子に向かいあった。

「ケータイ中毒なんだって」

伊良部が歯茎をニッと出す。遠慮のない物言いにむっとした。

「そんなことないッス」

「ぼく、ケータイって持ったことがないんだよね」

信じられなかった。いまどきそんな日本人がいるのか？　母だって出かけるときはバッグに入れている。

「ちょっと貸してよ」

渋々手渡した。物珍しそうに眺めている。

「これ、いくらするの？」

「十円です」

伊良部がケータイを床に落とした。あわてて雄太が拾いあげる。

「旧型だからッスよ」聞かれる前に答えてやった。「最新のｉモードなら二万三万しますけど、古い型はタダ同然で売って、通話料で稼ぐんですよ」

「ふうん」伊良部は下唇を剝《む》いていた。「で、メールっていうのはどうやって打つわけ？」

面倒臭いなあ。でも顔には出さずに教えてやった。

「凄いね。これだけしかボタンがないのに漢字にも変換できるんだ」

伊良部は子供のように眼を輝かせると、しばらくボタン操作に打ち興じていた。

「へえー、記号まであるんだ。泣き顔や笑い顔も作れるんだね」

「そういうので遊ぶのは中学生まで。ぼくらは腕前があるから、ちゃんと文字で打ちますよ」

雄太は得意げに答えた。子供っぽい絵文字など、仲間内ではからかいの対象だ。

「これはなんの穴？」と伊良部。

「これはストロボを差しこむジャック。最近のケータイは写真を撮って送れるんですよ」

「へー。ストロボは持ってるの」

「ええ、一応」

ポケットから取りだして見せた。プラスチックのおもちゃのような外観に伊良部が相好をくずした。

「ねえ、撮って撮って」

ケータイを雄太に押しつけ、ピースサインを作っている。このおじさん、本当に医者か？

仕方なくシャッターを押し、画面に写った自分の姿を見せてやった。伊良部は鼻の穴を広げ、狂喜している。とても大人のよろこびようではない。

《これがカバ医者だよーん》

せっかく写真を撮ったので、隙《すき》を見つけ、素早くメールを送った。

「ケータイってどこで買えるわけ」

伊良部が、また雄太からケータイを取りあげた。そんなことも知らないのか。

「電器屋ならどこでもあるし、コンビニだって置いてある店はありますよ」

「あ、かかった、かかった」伊良部が勝手に電話をかけている。「時報だけどね」

人の通話料金で無駄遣いを。

「一一〇番、してみようか」

「やめてください。通話記録が残るでしょう」

伊良部はケータイを返そうとしなかった。左手で握り締め、ドラえもんのような指であれこれキー操作をしている。

「へえー、ゲームとかできるんだ」

「あのう、メモリーとか、消さないでくださいね」雄太は気が気ではなかった。

伊良部はとり憑《つ》かれたようにケータイと向きあっている。

十分ほどすると、雄太の中で焦燥感に似た気持ちが湧きおこった。

自分にメールが届いているのではないか。休み時間になれば、たいてい誰かからメールが来る。

「すいません。先生、ケータイ返してくれませんか」

返事がなかった。もう一度催促した。伊良部は着メロを鳴らして遊んでいる。

左手が震えはじめた。額には脂汗がにじんでいる。

「先生、ちょっと」ケータイに手を伸ばした。

「もう少し」伊良部が体を横に向ける。

なんだこのオヤジは。まるで子供じゃないか。それも小学生並みの自己チューだ。雄太の胸の鼓動が速くなり、唇がからからに乾いた。

「先生、返してください」立ちあがり、伊良部の手からケータイをむしり取った。

「ああ、ごめん、ごめん」伊良部がやっと我にかえる。「つい夢中になっちゃって」

肩の力が抜けた。雄太の口から嘆息が漏れる。気がついたら全身にびっしょりと汗をかいていた。

「ぼくも早速買わないと」伊良部が屈託なく笑った。「じゃあ今日はここまで、また明日ね」

通院するの？　小さく吐息を漏らす。

「失礼します」と頭を下げ、廊下に出た。マユミとかいう看護婦が、ベンチでたばこをふかしていた。太ももを露《あらわ》に脚を組んでいる。

通院します。雄太は心の中で声をあげていた。

「あのう」恐る恐る声をかけた。「おねえさん、ケータイのメールアドレス、教えてもらえませんか」

電話番号を聞く勇気はないが、メールアドレスなら挨拶代わりに聞ける。彼女はいなくても、女の子のメル友なら百人はいる。

マユミさんが雄太を一瞥《いちべつ》した。「持ってない」だるそうに言った。

雄太は耳を疑った。伊良部はオヤジだからいいとしても、マユミさんは見たところ二十二、三だろう。

二人続けてケータイを持っていない人間に会うのは、とても珍しい経験のように思えた。ケータイなしで、どうやって恋愛をするのだろう。

「じゃあ、写真撮らせてもらえませんか」

「ナマだけ」

簡潔に断られた。マユミさんがたばこを灰皿に押しつける。また胸の谷間がのぞいた。股間が切なくなる。

「まだ何か用？」突っ立っていると、マユミさんが首をポリポリとかきながら聞いてきた。

首を振り、退散する。まったく変な病院だ。医者といい、看護婦といい。


学校に行って、雄太は早速友人たちに今日の報告をした。

「だからよォ、すっげえ色っぽいんだよ、その看護婦が。白衣のボタンを三つぐらい外したりして」

「そんな看護婦いるのかよ。作り話なんじゃねえのか」

「いるんだよ、乳首が見えそうで」

「あー、はいはい。ついでに白衣がミニなんだろ」

「ショータイムはどうだった」

「延長料金、取られなかったか」

口々にからかわれる。明日は隠し撮りをしてやろうと思った。あの看護婦を見れば、通院希望者が殺到するはずだ。

「ところで雄太、グレイの新しいCD、買った？」

親友の洋介に聞かれた。「おう」当然という顔で答える。

「明日MD持ってくるから、ダビングしてくんない？」手を合わせていた。

「いいよ」広い心で応じてやった。

「じゃあ雄太、椎名林檎の新譜は？」もう一人の親友、信平が横から首を突っこむ。

「買ったよ。常識だろ」

椅子の背もたれに体を預け、たばこをふかすポーズをとった。

「おれはそっちをダビングしてくれ」

「おう、わかった」やさしい気持ちで引き受けてやった。

「スガシカオは買ったのか」三人目の親友、尚也に聞かれる。

「まだだけど」

「早く買って貸してくれよ」そう言って肩をつつかれた。

少しむっとしたが、「バイト代が入ったらな」と答え、談笑を続けた。

雄太は月に十枚以上のCDシングルやアルバムを買う。一万円から一万五千円は使うことになる。高校生としては多い方だろう。

ヒットチャートを昇りそうなCDはたいてい手に入れていた。だから音楽の話ではたいてい話の中心にいることができる。

友人たちにアテにされるのも気分がいい。女子から「貸して」と頼まれることがあるので、最近では福山雅治なんかに手を広げたりもしている。

雄太には、マイナーな洋楽を聴いている連中の気が知れなかった。クラスにもビョークなんてロック歌手を聴いている奴がいる。おかげで話し相手ができない様子だ。

「おい、女子商の女からメール来てるぞ。合コンやろうって」洋介がケータイをのぞきこんで言った。

「なんでお前のケータイに入るんだよ」尚也が口をとがらせる。

談笑中でも全員がケータイを手放さない。雄太も、話しながら、左手ではメールを打っていた。サイトで知り合った、顔を知らないメル友もいる。

雄太は、こうした仲間とつるんでいる時間がいちばん楽しかった。一人じゃない安心感があるし、あちこちに顔を出せば知り合いが増えるからだ。

たぶん親友は三十人はいる。放課後、駅前に一時間も立っていれば、何人もの顔見知りに会うことができる。「よお、雄太」と、みんな気軽に声をかけてくれる。

顔が広いのはいいことだ。交遊を保つために、時間とお金がかかるのは仕方がない。これは投資なのだと、雄太は思うようにしている。

2

翌日、病院へ行くと、伊良部は机にケータイをたくさん並べて雄太を待っていた。

「ねえ、使い方、教えてよ」

啞然とした。各社の最新機種がずらり揃っていたのだ。

「先生、なにもここまで……」

「どの電話会社のを買っていいのかわからなくてさ」

歯茎を剝きだしにして笑っている。伊良部は本当に知識がないらしく、メールの送り方も知らなかった。パスワードやアドレスを設定して、使える状態にしてやった。

「じゃあ、津田君のケータイに送ってみるね」

伊良部が、ドラえもんのような指で、ボタン操作に熱中している。ほどなくして無事受信した画面を見せてやると、伊良部は飛びあがらんばかりによろこんだ。

「今度は津田君から送ってよ」

伊良部にせがまれ、ついクセで《メル友なろうぜ》などと送る。伊良部は目尻を下げ、うれしそうに指でOKサインを作っていた。

いったい何をしに来ているのかわからなくなる。母は息子を病気だと心配して、送りだしているというのに。

「さあ、注射にしようか。おーい、マユミちゃん」と伊良部。

そうだった。今日はマユミさんの写真を撮る手筈だった。

雄太はケータイにそっとストロボをセットし、右手に持ち替えた。注射台に左腕を乗せ、マユミさんが前屈みになる瞬間を待った。

消毒液を塗られる。針が刺さる。生温かい人の息が首筋にかかり、振り向くと、また伊良部の顔がすぐ横にあった。本当になんなのだ、このおじさんは。

でもそれどころではない。マユミさんの胸の谷間は今日も全開だ。

いい匂いが雄太の鼻をくすぐった。抱きつきたい衝動に駆られる。シャッターに指をかけた。

左腕に鋭利な痛みが走った。思わず声をあげた。

「ああごめん。血管、外しちゃった」マユミさんが言う。全然申し訳なさそうな声ではなかった。雄太の腕のゴムバンドを外そうとする。その手が滑り、雄太の右手に当たった。ケータイが弾け飛んだ。

音をたてて床を転がっている。

「あら、大変」マユミさんが体を起こす。謝罪の言葉はなかった。冷たい目で雄太を見下ろし、「やり直し。針が折れなきゃいいけど」と物騒なことを言った。

見破られたようなので計画は中止した。目を合わせないように退散する。それにしても、マユミさんは気が荒そうだ。彼氏なんているのだろうか。


学校では仲間たちと遊びの計画を練った。休み時間はたいてい仲間とつるんでいる。

一人でミステリーを読んでいるクラスメートなど、雄太には信じられない存在だ。

「面白いのか、それ」と、その男に聞いたことがある。

「面白いよ」と、面白くもない答えが返ってきた。

小説など、いつ以来読んでいないだろう。雄太は一時間とじっとしていられない。

「で、女子商との合コンだけどよォ」洋介が机の上であぐらをかいて言った。「一応、四対四でやることになったからな。信平も尚也も雄太も心積もりはしといてくれ」

「ブスばっかだったら承知しねえぞ」

「あらかじめ、写真付きのメールを送らせろよ」

「それ、いいな。こっちも送っておくか」

四人でレンズに収まった。相手の女の子にメールを送る。

その間にも、各自がケータイでメールを打っていた。ただ、雄太のケータイは調子が悪かった。《送信できませんでした》というエラーメッセージが頻繁に出て、メール機能が果たせないのだ。

病院で落としたのが原因だろうか。おまけに受信も安定していない。受信データにエラーが出るため、勝手に破棄されているようなのだ。

ためしに洋介に送ってもらう。受信しなかった。

こうなると落ち着かなかった。重要なメールが届いてないのではないか。気になって仕方がないのだ。

ほかの学校の友人に電話を入れてみた。

「おい、おれのケータイにメールした？」

「いいや。どうかしたのか」

「どうもケータイが故障したらしくてな」

「ふうん」関心なさそうに言われた。

そういう電話を数人にした。いずれも「今日は送ってない」という返事だった。

しかしこれは偶然に過ぎない。送信数よりはるかに少ないものの、一日に数十通はメールを受けとるのだ。

さらにあちこちに電話をかける。やがて通話機能の方も怪しくなった。ダイヤルしても話し中のプープーという音ばかりが聞こえるのだ。

「おい尚也。おまえのケータイ、貸してくれ」

「やだよ」

冷たく断られた。洋介も信平も自分のメール打ちで忙しく、かまってくれない。

とうとう電源が入らなくなった。ケータイが、ただのポケットの重しになってしまったのだ。


午後の授業は、雄太にとって拷問のような時間になった。

絶対にメールを送れないで困っている友人がいる。もしかすると、それで気分を害した友人がいるかもしれない。メル友の女の子たちは、さっさと次の相手を探してしまう可能性もある。

そう考えると、いてもたってもいられなくなった。

周囲を見回す。何人かの男女が、教科書を盾にしてケータイをいじっていた。本来なら自分もその一員のはずなのに――。

顔にじんわりと汗が滲んできた。動悸が速まったような気がする。連続しておくびが込みあげ、足は貧乏揺すりをしていた。

放課後になったら、真っ先に新しいケータイを買いに行こう。金がないので最新機種というわけにはいかないが、同じタイプのものならタダ同然で並んでいる。機種変更の手続きなら三十分で済み、その場で使えるようになるはずだ。

左手に震えがきた。まずいと思い、尻の下に差しこむ。歯を食いしばって全身に溢れでる焦燥感と戦った。

「おい」声を低くし、隣の席の洋介に話しかける。「頼みがあるんだけどよ」

洋介が目を向け、「どうした。顔色が悪いぞ」と心配そうな声をだした。

「西高の山田と、北高の高橋にメールを入れてくれ。『津田雄太のケータイは現在故障中です』って」

「なにか約束でもあったのか」

「ないけど」

「じゃあどうして」

「メールが送信できなくて困ってんじゃないかと思ってよ」

洋介が眉をひそめた。「そこまでしなくてもいいんじゃないのか。送れなきゃ、向こうだってあきらめるだろう」

「おい、そこ」教壇の先生からきつい声が飛んだ。二人で首をすくめる。洋介はケータイを片づけてしまった。

ますます汗が噴きでてきた。放課後まで待てそうにない。五時限目が終わったら無断早退しよう。駅前の家電量販店に行けば、各社のケータイがよりどりみどりだ。

生唾を飲みこむ。いや、もう五分だって待てない。きっと、何人もの友人たちが、メールを送れないで困っている。その中には重要な連絡だってあるはずだ。

たまらない不安感に襲われた。こんなことは初めてだった。

雄太はバッグにノート類を詰めると、そっと肩に背負った。

洋介がぎょっとして見た。「おい、授業中にふけるのかよ」

返事をしなかった。先生が黒板を向いている隙に、中腰のまま教室後方の扉へと走る。気づいた何人かが目を丸くしていた。

そっと戸を開け、廊下へ出る。先生には気づかれなかった。躊躇《ちゅうちょ》なく行動すると逆に目立たないものだということがわかった。

そのまま学校を出て、バスに飛び乗った。


さすがにこれは変かな、と雄太は新しいケータイを握り締めながら思った。授業を抜けだすほどではなかった。冷静になってみれば、一刻を争う必要はどこにもなかったのだ。

ケータイを購入するなり、その場で友人たちにメールを送りまくった。故障したことを説明し、つながらなかった事態を詫びた。しかし反応は素っ気なく、大半が「あ、そう」というものだったのだ。

ただ、バイト先のユリが「気持ちわかるよ」と言ってくれたので救われた。

「なくしたときなんか、わたし、パニックになっちゃったもん」

もしも今ケータイをなくしたら、自分なら卒倒するかもしれない。

「ところで津田君、今夜、バイトの子たちでカラオケやるんだけど、来る?」とユリ。

「行く行く」即座にうなずいた。

「津田君、付き合いいいもんね」ユリが笑っている。

雄太は遊びの誘いを断ったことがなかった。自分がいないところで何か楽しいことがあったらと思うと、絶対に断れない。

雄太は、ハンバーガー屋の厨房でポテトを揚げていた。マニュアル通りにやればいいので簡単な仕事だ。ポケットにはケータイを忍ばせていた。数秒でも空きがあれば、メールをチェックできる。

メール受信のマークが点滅した。誰だろうと思って見ると、伊良部からだった。

《今日はいい天気だったね》

どうリアクションしていいのかわからないので、放っておくことにした。

一分後、また伊良部からメールが届く。

《明日も晴れるといいね》

ケータイの操作を覚え、うれしくて仕方がないのだろう。

《明後日も晴れるといいね》

次々とメールが送信されてくる。いい大人が何をやっているのか。

《明々後日も晴れるといいね》

馬鹿らしいので相手にしないことにした。マユミさんなら速攻で返事を打つところなのだが。

バイトは六時に終わり、その足でカラオケボックスに行った。母には《晩飯パス》という短いメールを送った。一方的に通告できるというのもケータイの偉大さだ。

いつか大学四年生の従兄弟《いとこ》が、「おれが高校生のときは誰もケータイなんか持ってなかったぞ」と言っていた。昔の高校生は、帰りが遅くなるとき、いちいち親に電話をしたのだろうか。考えられない煩雑さだ。

「津田君、トップバッター」とユリ。

本当は場が和んだころ唄いたいのだが、白けさせては仲間に悪い。雄太は勢いよく立ちあがり、マイクを握った。「イエーッ」「ヒュウヒュウ」と歓声が飛ぶ。

「平井堅の新曲、入ってる?」雄太が聞いた。

「うそォ。もう唄えるの?」

調べたら、すでにラインナップに入っていた。まだ発売されたばかりなので、みんなもカラオケで聞くのは初めてだろう。雄太が唄うと、驚いているのが表情でわかった。ちょっとした快感だ。

カラオケはいつも一番乗りだった。CDシングルが出るなり買い求め、何度も聴いて練習するのだ。そのための費用は馬鹿にならないが、仲間内で尊敬されるからやめられない。唄い終わると、おどけてポーズを決めた。ノリの軽さが人付き合いのコツだ。

「おい、津田。CD、貸してくれよな」

ここでもアテにされた。正直、面倒臭いと思うこともあるが、ケチな奴だと思われたくないので、「いいよ」と笑顔で返事する。

この日は新顔が一人いた。私立のキザな制服を着た、コージーと呼ばれる男だ。女子にマイクを持たされ、ゴスペラーズの新曲を唄った。

雄太がまだ買っていないCDだった。焦る気持ちが湧きおこる。

おまけにコージーはナイキの新作スニーカーを履いていた。雑誌に紹介されたばかりのもので、実物を見るのは雄太も初めてだ。

自分も買わなければ。でも、二万はしたはずだ。

バイトの時間を増やそう。一日一時間余計に働けば、もっと新しい服や靴が買える。

コージーが隣に来た。「津田」となれなれしく肩をたたかれる。

「腕時計、見せてくれよ」雄太の左手をとった。「Gショックのアニバーサリーモデルだよな。渋いじゃん」

どうしてその話題を持ちだしたか、雄太にはわかっていた。コージーの腕には、同じGショックの、レア物と言われるダイバーが巻きつけてあったのだ。

「おまえこそ渋いじゃん」癪《しゃく》だが話を合わせてやった。

「ジーンズは何を穿いてるわけ」続いて、タッグやラベルを調べられた。「へー。一応、リーバイスのヴィンテージなわけだ」

口ぶりからして、コージーはもっとレアなジーンズを持っているのだろう。次はそれを穿いてくるつもりなのだ。負けてはいられない。渋谷の古着屋へ行って、その上をいくヴィンテージ物を手に入れてやる。

冬休みは毎日バイトをしよう。持ち物で周囲に後れをとりたくない。

「ねえ、津田君、スキーはやるの？」雑談をしていた女子から話を振られた。

「やったことないけど」

「ふうん。今度、スキーツアーの計画があるんだけどね」

「行く。始める」即座に返答していた。

おばあちゃんの家へ行って、内緒で小遣いをもらおう。高校生活は金がかかるのだ。

翌日、病院へ行くと、伊良部が頬をふくらませていた。
「どうして返事をくれないわけ」
雄太が、伊良部のメールを無視したのが気にいらないらしい。
昨夜、未読のメールをチェックしたら百通以上あった。いやな予感がして見ると、ほとんどが伊良部からだった。
《これからお風呂に入るよ》
《風呂から出たよ》
《晩ご飯はハンバーグだよ》
《ニンジンを残しちゃダメって、おかあさんに叱られた》
これらにどうやって返事を打てというのか。大人だろう？　そもそもこの医者、いい歳をして結婚もしてないのか？

「バイトや宿題で忙しかったんですよ」馬鹿らしいと思いつつ、言い訳した。

「一回も返事がないっていうのは、ひどいんじゃない」

その気持ちは理解できた。雄太も、返事をもらえるのは五通に一通だ。こっちの返信率は百パーセントなので不公平だと思うこともある。

「すいません……」面倒なので頭を下げた。

「いいよ、いいよ。ケータイも飽きたしね」伊良部が首をポリポリとかいている。

そういえば机の上にケータイはなかった。ポケットに入っている様子もない。

「先生、ケータイはどうしたんですか」

「引き出しの中」顎でしゃくった。「考えてみれば、ケータイなんて、かけてくる相手がいないと意味ないしね」

そう言って、伊良部は少し淋しそうな顔をした。連絡を取りあう相手もいないなんて、そんな人間がいるのか。

「先生、暇なときでよければ、メール、送りましょうか」同情からついそんな言葉を口にした。

「ほんと？」いきなり伊良部の目が輝く。「うれしいなあ」雄太の手を取ると激しく上下に揺さぶった。

何のために通院しているのかわからなくなってきた。

その日も注射はあった。マユミさんは相変わらず無愛想だ。

注射が終わり、伊良部が席を外したときに聞いてみた。

「看護婦さん、彼氏とかいないんですか」

無言でにらまれた。

「今度、一緒にカラオケでもどうですか。なんちゃって」おどけて口をすぼめる。

マユミさんは注射器やアンプルを棚にしまっていた。

「あんた、ほんとはネクラでしょう」マユミさんがぼそりと言った。

ドキリとした。

「ネクラだってバレるのが怖いから、よくしゃべるんだよ」

「あ、やだなあ、看護婦さん、マジになって。冗談で言っただけですよ」

「汗かいてるよ」

「かいてないッスよ。何言ってんですか」軽く笑いたかったが頬がひきつった。

「大変だね、今日びの高校生は」

マユミさんは椅子に腰をおろし、たばこに火を点《つ》けた。太ももも露に脚を組む。気だるそうに自分の吐いた煙を眺めていた。

3

よそのクラスの男から頼み事をされた。パーティーを開くので会場でかけるBGMテープを作ってくれないか、という依頼だった。

もちろん引き受けた。ノリのいい曲を手持ちのCDの中から選曲し、足りない分は新たに買い求めた。一万ほどかかってしまったが、学年に人脈が広がりそうなことの方がうれしかった。

バイト先では、ユリから腕時計を貸してくれと言われた。

「津田君の持ち物って、よそで自慢できるから」

気分をよくし、Gショックのコレクションを増やした。コージーにはデッドストックのジーンズを貸してやった。「すげえな」と尊敬された。

伊良部は連日大量のメールを送ってきたが、しばらくしたらやんだ。雄太が「出会い系サイト」の使い方を教えてやったのだ。伊良部は、そこで「二十六歳青年医師」と偽ってモテモテの状態にあるらしい。

「みんなが『会いたい』って言ってきてるんだけど、どうすればいいかなあ」と相談された。もちろん「やめた方がいい」と忠告しておいた。

母親からは、「病院でどんなカウンセリングを受けてるの」と聞かれた。

カウンセリング？　考えてもみなかった。授業をサボれるということしか頭になかったのだ。

ケータイのメールは、相変わらず一日二百本ペースで打ち続けている。呼吸をするようなものだから仕方がない。

その日は土曜日で、遊びの掛けもちが三件もあった。

半ドンで学校がひけてから中学時代の親友、ミッキーたちとJリーグ観戦。夕方からは洋介たちと麻雀。同時にバイト先のカラオケ大会だ。

どれかひとつにしようとは思わなかった。せっかく誘われたのに、断るなんて雄太にはできない。

それに予定が埋まるのは誇らしいことだった。スケジュール帳が空白だと不安でしょうがない。

洋介には「もう一人探して、二抜けでやろうな」と言っておいた。

「面倒臭えなあ」洋介は顔をしかめていた。「じゃあ五組のテツを呼ぶから、おまえは来なくていいよ」

「そう言うなよ。おれもやりたいし」なんとかなだめた。

授業が終わるなり、バスに乗ってターミナル駅へと向かった。

《これから向かうよ～ん》待ち合わせ相手のミッキーにメールを送る。未読のメールがあったので見ると伊良部からだった。

《お昼はオムライスを食べました》

まったくこの暇人が。こんな大人が存在すること自体、雄太にとっては新鮮な驚きだ。

バスに揺られていると中年のオヤジから肩をたたかれた。

「君、車内でケータイは禁止だよ」

「あ、でも、メールだけですから」

「電波がだめなの。心臓にペースメーカーを埋めこんでいる人がいるとね……」

そんな奴、ここにいるのかよ。つい声を出しそうになるが、ほかの大人たちも不愉快そうに雄太を見ていたので、電源を切り、折り畳んだ。

待ち合わせ、うまくいくよな——。少し不安になる。駅の切符売り場に一時だ。試合の入場券は当日買うことになっている。だから現地集合というわけにはいかない。

額にじんわりと汗が滲んできた。手の甲で拭う。いつもとちがう冷たい汗だった。

どうしたのだろう。脈が速くなった気もした。焦る気持ちが喉元まで込みあげてくる。

駅に一時、駅に一時。口の中でつぶやいてみた。

「あ」と思う。駅の改札はふたつあった。東口と西口、どっちか聞いていない。

いいや、ミッキーと前回待ち合わせたのが東口だから、何も言わなければ同じに決まっている。

ケータイを広げると、斜向かいに座るオヤジと目が合った。舌打ちしてポケットにしまう。

どうにも落ち着かない。ケータイで連絡を入れ、確認すれば済むことなのだ。

腕時計を見る。まだ時間に余裕があったので、雄太はバスを途中下車することにした。

降りるなりケータイでミッキーを呼びだす。

ところが電源が切られていた。たぶんミッキーもバスに乗車中なのだ。

《おれ、津田。待ち合わせ、東口だったよね。電話かメールください》留守番電話サービスに吹き込んだ。

バスや電車内をケータイ禁止にしたのは、どういう類いの大人なのか。つながらなければ意味がない。いつでも連絡がとれるから、ケータイは価値があるのに。

再びバスに乗る。ケータイの待ち受け画面を見ていると、またしても大人に注意された。

「お客さん、ケータイは禁止ですよ」

今度は運転手だった。バックミラーで見ているのだから陰険だ。

渋々電源を切る。ケータイを握り締めながら、しばらく窓の外の景色を見ていたら、左手が震えはじめた。おくびが込みあげる。

自分でも異常を感じた。電源が入っていないだけで、たまらないほどの不安を覚えるのだ。歯を食いしばるのだが、一分と我慢できそうにない。

雄太はまたバスを途中下車した。メールを確認する。

《デザートはチョコレートパフェを食べました》伊良部からだった。

だあーっ。心の中で叫び、地団駄を踏む。

駅まで走ることにした。時間に遅れる可能性もあるが、電源を切ることの方が怖い。走りながらケータイをかけ続ける。ミッキーのケータイは依然電源を切ったままだ。

道端に自転車があった。一目で放置されたとわかるママチャリで、鍵は壊れている。躊躇なくまたがった。雄太は自転車で駅へと急いだ。

途中、住宅街でパトカーとすれちがった。目を合わせないようにする。しかし、疚《やま》しさが挙動に出たのだろう、パトカーはUターンし、マイクで停止するように言われた。

もちろん逃げる。追いかけっこが始まる。

なんでこうなるのか。こっちは不良でも変質者でもない。友人との待ち合わせに急いでいるただの高校生じゃないか。

あっさりと捕まった。時間に遅れそうなので放置自転車を無断借用した、と正直に話した。もっともこれは「借用」には当たらないようで、近くの署まで連行されることとなった。

パトカーの後部座席でメールを確認する。

《紅茶はダージリンティーを飲みました》

首をうなだれた。伊良部は仕事をしているのか。どうすればああいう大人ができあがるのだ。

警察では、学校への連絡は勘弁してもらえたものの、保護者の迎えが必要になった。

両親は共働きだと偽って祖母を呼んだ。祖母はタクシーで駆けつけてくれたが、「おかあさんには内緒にはできないからね」と顔を曇らせていた。

この場を逃れられればどうだっていい。

雄太は急いでサッカー場へと向かった。着いたころには間違いなく終わっている時間であるが、友人をすっぽかすわけにはいかなかった。きっと自分のことを心配しているにちがいない。待ち合わせの場所に現れなかったのだ。

ケータイは何度もチェックしたが、ミッキーからのメールも留守番電話メッセージもなかった。かけても電源が切られたままだ。

もしかして不慮の事故でもあったのか。ほかの同行者は面識が浅いのでケータイの番号を知らない。

サッカー場に着くと、試合はすでに終了し、観客が出てくるところだった。

正門の脇で友人を探す。とうてい見つかるとは思えなかった。一万人以上の人の群れなのだ。手にしたケータイを見た。鳴ってくれないそれは、巨大な昆虫の死骸に思えた。

もしかして受信機能だけが故障しているのではないか。そんなことまで疑ってみる。

洋介に電話をして、折りかえしかけ直してもらった。着信音が鳴り、ちゃんとつながった。

「まったくこの電話魔が」露骨に面倒臭がられたが、雄太は大きく安堵した。「ところでいつもの雀荘、改装中だから、テツの知ってる店にしたぞ。先に始めてるから、近くに来たら電話しな」最寄りの駅名を言われた。

雄太は再び電車で街へと戻ることにした。

電車の中で何度もメールをチェックする。受信メールはあったものの、急を要さないメル友からのものばかりだった。

着信音が鳴る。出るとユリからだった。

「今夜のカラオケ、場所が決まったから教えておくね」

声を聞いただけでうれしくなった。自分は確かに仲間たちとつながっている。

「そこ、持ちこみはできるわけ？　できるんなら、おれ、店に寄ってポテトとかスコーンとかガメて行くけどさ」つい早口でまくしたてた。

「えー、ハンバーガーじゃないわけ」

「ユリを太らせたら、おれ、ファンの男の子たちに申し訳なくってさ」得意の軽口も飛びだした。「えっ、もう吉野家《ヨシギュー》を三杯食べたあとだって？　だったらもう充分じゃん」ユリがけらけら笑っている。調子が出てきた。「うそォ。酸っぱいものが食べたいって？　ユリ、やばいんじゃないの」

「おい、うるせえんだよ」

腕をつかまれる。振り向くと、柄の悪そうな若い男の顔が横にあった。

「あ、すいません」一応謝っておく。「じゃあ、ユリ、あとでね」ケータイを切った。

「電話で女とイチャついてんじゃねえぞ」

三人いた。いかにも不良っぽい身なりだ。ゆっくりと血の気がひく。周囲を見渡したら、乗客は皆、見ないふりをしていた。

ケータイをひょいと取りあげられる。

「あれえ、生意気に新品じゃん」革ジャンのポケットにしまわれた。

駅に着くと、男たちはそのまま降りた。

「ちょっと、返してよ」雄太が追いかける。階段を駆け下り、駅の外まで出た。

男たちは、雄太の方をときおり振りかえりながら、駐輪場へと歩いていく。このままついていけば、タカられるのは確実だった。サッカーの試合を見るつもりだったし、麻雀やカラオケの予定もあるし、今日の所持金は二万円近くある。

ケータイは十円だった。

ええい、また買い替えだ。面倒だが、暴行を受ける可能性だってあるのだ。怪我をしてはつまらない。

雄太は逃げることにした。踵《きびす》をかえし、走って駅に戻る。ターミナル駅に着いたら電器店を探し、ケータイを買おう。盗難は手続きが面倒そうだから紛失ということにしよう。手数料は二千円。ケータイのことならたいてい知っている。

またしてもケータイは新品になった。以前の番号は利用停止になり、新たな番号が与えられることになった。

ただし利用再開は、月曜以降となった。雄太の以前のケータイに未払い料金があるため、それを清算しないと手続きをしてくれないのだ。

何て間が悪いのだ。目の前が真っ暗になった。

月曜日までケータイなしで過ごせって？　雄太の左手がぶるぶると震えだした。

こんなことなら不良たちと対決すればよかった。こうなることがわかっていたら、きっと信じられないパワーを発揮したことだろう。

駅前の電話ボックスに飛びこんだ。洋介とユリに連絡を入れようとする。

しかし番号がわからなかった。ケータイにすべてメモリーしてあるので、一切覚えていないのだ。

大変だ。もう行くしかない。それぞれ時間には大幅に遅れている。きっとみんな、心配していることだろう。

息が荒くなった。胸に刺すような痛みが走った。体調が最悪だ。景色まで歪んで映る気がした。

電車に乗り、洋介たちが麻雀をやっているはずの街の駅に着いた。つい癖でケータイを取りだし、役に立たないことに気づき、顔を歪める。

困った。店の名を聞いていないのだ。

雄太たちの予定は、ケータイで連絡がつくことを前提に組まれていた。つまり、事前の約束や打ち合わせはないに等しいのだ。

商店街をあてずっぽうで歩いた。麻雀荘の看板を見つけては中をのぞくのだが、学生街であるため数が多すぎた。

ユリの方に行くか。とにかく知り合いの顔を見たい。

電車で一駅離れただけの歓楽街に行き、ユリから知らされたカラオケボックスにたどり着いた。

さてどこの部屋か。ケータイがないとそんなことまでわからない。各部屋をガラス越しにのぞいたが、見つからなかった。

店員にユリたちの人相風体を説明する。「土曜日の夜ですからね。夕方から満室で、あきらめてヨソに行く人もいますから」事務的に告げられた。

混んでいて、店を急遽変えたのか。本来ならケータイで連絡が入るはずなのに。

叫びだしたい衝動に駆られた。三組の友人たちと遊ぶ予定だったのが、誰とも会えないでいるのだ。

　ふと思いつき、公衆電話からミッキーの自宅に連絡を入れてみた。昔からの友人だと、電話番号も暗記している。

「おう、雄太。今日はどうしたんだ」ミッキー本人が出て、のんびりした口調で言った。

「いけなくてすまん。チャリンコをパクッたらお巡りに捕まってな」

「それは災難だったな」電話の向こうで笑っている。

「おまえに何度も電話をかけたんだぞ。メールも送ったし」

「悪い悪い。今日、ケータイを持ってくの、忘れてな」

　雄太が絶句した。それで外が歩けるのか。平気でいられるのか。

「試合はどうした」

「観に行ったよ。おまえが来ないから、うちの学校の連中と」あっさり言われた。

　自分のことは心配してくれなかったのか?

「おれのケータイにメールを入れるとか、なんとかすればいいじゃないか」雄太が抗議した。

「だからケータイを忘れたって、言ってるじゃん」

「人のを借りろよ」

「何を怒ってんだよ。たかが待ち合わせに失敗したぐらいで」

「たかがって……」

「また今度、一緒に行けばいいじゃないか」

ミッキーは終始平然としていた。ビニール傘でも置き忘れた程度の気楽さで。

電話を切り、また街をさまよった。ピーコートの襟を立て、指先に息を吐きかけた。役に立たないものなのに、ケータイを握り締めている。

今日はもう、洋介やユリたちとは会えない――。約束を反故《ほご》にした申し訳なさと、一人だけ遊びに参加できない焦りで、雄太の気持ちは深く沈みこんだ。

鈍い頭痛がした。内臓が勝手にうごめいている感じがする。雄太は立ち止まると、アスファルトに小さく嘔吐した。酸っぱさが喉元に込みあげ、目が涙で滲む。

月曜日までケータイがつながらない。仲間たちと連絡がとれない。それを思うと、雄太は宇宙においてきぼりをくらったような孤独感に苛《さいな》まれた。

4

メールを打つ回数が一日三百回を超えた。

雄太は一瞬たりともケータイを手放さない。授業もそっちのけで、ボタン操作に熱中している。

先週の土曜日、友人たちと三件の約束をしておきながら、誰とも会えなかった。連絡がとれないとは、なんて心細いことだろうと思った。

しかしそれ以上にショックだったのは、すっぽかした相手が、とくに誰も気に留めていなかったことだった。

ミッキーだけではなく、洋介も、ユリも。

日曜日の朝、電話で行けなかった事情を説明し、詫びると、洋介は「おお、いいよ。五組のテツがいたしよ」とまるで意に介していなかった。

「テツの野郎、おれから役満上がりやがってよぉ。来週は絶対に復讐戦だぜ」

新しいメンツが増えたことが、うれしくて仕方がない口ぶりだった。

ユリはまだ寝ていたらしく、くぐもった声で不機嫌そうに、「いいよ、そんなこと、わざわざ謝んなくて」と言うだけだった。

「おれがいなくて淋しかったんじゃないかと思ってさ」

雄太が軽口をたたいても、「コージーが私立の子たちを連れてきたから、賑やかで面白かったよ」と、素っ気なくあしらわれた。

いちばん打ちのめされたのは、洋介もユリも、雄太のケータイにメールすら入れていなかったことだった。

「昨日の夕方から、おれのケータイ、つながらなくてさあ」

そう言って、連絡がとれなかったことを詫びたのだが、二人とも「あ、そう」と返事しただけで、それ以上の感想はなかった。

必死に連絡をとろうとしていたのは雄太だけだった。彼らは雄太を頭数に入れず、それぞれ楽しんでいたのだ。

自分は大事なメンバーだと思っていたのに、そうではなかった。いつもメールを送っていたのに、軽く見られた――。

一瞬、もうメールなどやめようかとも思ったが、メールを休む恐怖の方が大きかった。一方通行でも送り続けなければ、きっと存在を無視される。

「おい、同じクラスなんだから口で言えよ」洋介にはこう言われた。

「ねえ、毎日放課後には顔を合わせてるじゃん」ユリは困惑顔をしていた。

父からは、「おまえはケータイ依存症だ」と罵《ののし》られた。

それでもやめられなかった。

睡眠時間を除いて一日十六時間はケータイに向かっている毎日だ。


「もう飽きた」

伊良部は幼い子供のように言った。このところ伊良部からメールが来ないなと思っていたら、ケータイはすべて電池切れで引き出しの奥に眠っているらしい。

「出会い系サイトとかメル友っていっても、考えてみれば、会うのはおっくうだしね」

「出会う機会が増えるから、楽しいんじゃないですか」雄太は反論した。

「会いたくないよ。面倒臭いし」

「先生、友だち、いないんですか？」

「うん、いないよ」しれっと言われた。

伊良部に友だちがいるとは思わなかったが、平然と認めたのには驚いた。雄太の周りならまずそんな人間はいない。「友だちいる？」と聞かれれば、むきになって「いる」と答える。十代にとって、交遊関係は存在証明のようなものだ。最大の恐怖は、自分だけが孤立することだ。

「じゃあ、先生は休みの日、何をしてるんですか」

「それが最近、プラモデルに凝っててね。田宮の二十四分の一、戦車シリーズ。今、タイガーとロンメルを同時に作ってるんだけどね。えへへ」

伊良部が目を細めている。雄太は深くため息をついた。

「あのう、実は、おとうさんから『ケータイ依存症』だって言われたんですけど、やっぱりそうですかね」

「うーん」太い首をすぼめ、腕を組んでいる。「かもしれないけど、いいんじゃない。とくに実害はないし」

「はあ……」

「ぼく、実害がなければ放っておく主義なの」鼻をほじりはじめた。

実害はある。お金がかかって仕方がないのだ。

また注射の時間になった。マユミさんは、相変わらず無愛想だ。針がぞんざいに刺される。日増しに痛くなっていく気がした。

「看護婦さんは、友だち、いるんですか」腕をさすりながら、ついそんなことを聞いてしまった。

マユミさんがゆっくりと顔をあげる。

「いないよ」伊良部同様、何事でもないように言った。

しかしマユミさんは伊良部とはちがう。若い女の人だ。仲間とつるんで騒ぎたい年頃だ。

「淋しくないんですか」顔色をうかがいながら聞いた。

「淋しいよ」即答だった。

「じゃあ、どうして」

「一人がいいの。らくだし」マユミさんは首を左右に曲げると、雄太を正面から見据えた。

「君、本当は友だち、いないんでしょ」

「そんなことないッスよ」目を剝き、口をとがらせた。「いっぱいいますよ。今度の土日だって、ちゃんと人に会う予定が入ってるし」

「そう。よかったね」フンと鼻で笑われた。

それにつけても、伊良部といいマユミさんといい、友だちがいなくて平気なのか。「いないよ」なんて、どうして堂々と言えるのか。

クリスマスが近づいてきた。雄太のスケジュール帳には予定が入っていない。

高校生なので、恋人とお泊まり、という奴は少ないけれど、それでも各自が約束を取りつけていた。

洋介は女子商の女の子たちとパーティーを開くらしい。信平や尚也はとっくに誘われている。「向こうは四人だからよォ」廊下で三人が相談しているのを通りすがりに聞いたのだ。「おい津田」と声がかかるのを待っているが、まだその日は来ていない。

ユリたちはスキー旅行を計画していた。ちょうど冬休みとも重なり、一泊二日のバスツアーに参加するらしい。バイト先の控室で、女の子同士話しているのを小耳にはさんだ。

こちらもまだ雄太に声はかかっていない。洋介よりはユリを優先かなと思っている。スキーツアーの方が華やかで人に自慢できる。

バイトが終わったあと、控室に残り、それとなくユリたちの会話に加わろうとした。

「この前、ミスチルの新曲のCD買ったよ。よかったらダビングしてあげるけど」

「ほんと、ありがとう」

「宇多田ヒカルのアルバムも買ったから、一緒にダビングしてあげる」

「ありがとう」

話は続かなかった。ほかの女子がユリに目配せしたのがわかった。

「じゃあ、帰ろうか」とユリ。

「ねえ、これからカラオケに行かない」と雄太。

「でも、そろそろ定期試験があるし」

みんなで外に出て、駅に向かって歩きだした。その間も雄太はユリたちに話しかけた。しかし乗ってこない。

「おーい、ユリっぺ」と男の声が前方から降りかかる。駅前の噴水広場にコージーがいて大きく手を振っていた。うしろには私立の制服を着た男子高校生が数人いる。

「マックの二階で打ち合わせしようぜ」

コージーがストックで雪をかく手振りをした。瞬間、ユリの頬がひきつる。

ああそうなのか。雄太もようやく理解できた。ユリたちは私立の男子チームと行くのだ。

「あれ、津田も行くの？　クリスマスのスキーツアー」コージーに聞かれた。

ユリが返答に困っている。

「なんだ、おまえらスキーに行くのかよ」雄太は明るく言った。「おれも行きたいけど無理だな。先約があるんだよ。クリスマスイブは女子商と合コン」

ユリたちの表情に安堵の色が広がる。

「あ、津田君、隅に置けないんだ」白い歯を見せていた。

「じゃあ、おれはここで」明るく手を振り、その場を離れる。

北風が吹いてきたので、マフラーをマスクのように巻いた。

一人になりケータイを取りだす。洋介にかけるとすぐに応答があった。「はい、もしもし」

うしろでは牌《パイ》を卓にたたきつける音が聞こえる。

「洋介、雀荘にいるのか」雄太は色めき立った。聞くと、信平と尚也がいるとのことだった。仲間と会えるのはいつだって楽しい。

「おれも行く。バイトがひけたばかりなんだ」

「ああ、いいよ」洋介は言ったが、返事に少し間があった。

「いいじゃん、二抜けでやろうぜ」

あとの一人は誰なのかな、と思う。はたして行ってみれば、五組のテツだった。「よお」と笑顔で手を挙げていた。

「誰が勝ってんだよ」脇に腰かけ、話しかける。

「テツだよ。許せねえよ、こいつ」

「また役満だぜ。しかもダブル」

「悪魔に身を売った男は強ェよな」

三人が口々にテツを罵る。憎々しげだが楽しそうに聞こえた。

「勝った者から順に選ぶ権利があるんだからな」そのテツが言う。

「なんの話よ」雄太が顔を向けると、「女子商との合コンだよ、ふんっ」とテツが牌をつもりながら唸《うな》った。

洋介たちの表情が曇る。そうか。自分ではなくテツが誘われたのか。

「いや、あの」洋介が頭をかきながら口を開いた。「今のところ四対四だからさ。なんなら、向こうにもう一人都合をつけてもらって……」

「いや、いいよ」雄太はかぶりを振った。「クリスマスイブだろ。おれ、バイト先の女の子たちと一泊で苗場にスキーツアーなんだよ」

「おいおい」信平と尚也が、途端に相好をくずした。「おれらに隠れてそういう甘い蜜を吸ってんのか、おまえは」蹴飛ばす真似をされた。

「そうなんだ。悪いな」

明るく自然に振る舞うことができた。

ケータイに目をやり、届いたメールを読む振りをした。


「先生、胸のあたりが苦しいんです」授業を抜けて病院へ行った。

雄太は自分から症状を訴えた。ケータイを見ていると呼吸がしづらくなり、断続的におくびが込みあげてくるのである。

「不安なんです。メールが入ってこなかったり、一時間も着メロが鳴らなかったりすると、動悸が始まるんです」

「ケータイ、捨てたら」伊良部が呑気な声を出す。

「だめですよ。どうやって友だちと連絡をとるんですか」

「連絡なんて、とれなくても死ぬわけじゃなし」鼻毛を抜いていた。

「そんな……」雄太が顔を歪める。

「それより、今、秋葉原でプラモデル・ショーをやってるんだけど、これから一緒に行かない？　二人だと割引券がもらえるの」

「午後の授業はどうするんですか」

「早退すれば。診断書ならいくらでも書いてあげるよ」

伊良部が笑っている。抵抗する気力も湧いてこなかった。

伊良部の派手なポルシェで街を疾走する。通り沿いの建物には、随所にクリスマスの飾り付けがなされ、街全体が楽しいことを待っているように見えた。

会場はマニアで溢れかえっていた。学校にもいるな、こういう奴ら。普段はクラスの片隅でおとなしくしている連中だ。

戦車模型のブースに伊良部が張りついていた。その目はほとんど子供だ。

「これ、次に作る予定なんだよね」

「はあ、そうですか」返事に困る。

広場へ行くと、そこは抽選会の会場で、入場券の番号が合えば景品がもらえるイベントが催されていた。景品は限定版の模型だ。

番号が読みあげられる。「あっ、ぼくだ」と伊良部が大声をあげた。

「よかったですね」雄太が笑みを投げかける。ただし、どういうわけか当選者は二人いて、もう一人は親に連れられた小学生だった。

伊良部と小学生が壇上にあがる。

司会の女性があわてて係員とひそひそ話をし、それが終わると、伊良部に頭を下げた。

「すいません、当方の手ちがいで、同じ番号の券を二枚発行してしまったようです。申し訳ないんですが、譲っていただけませんか」

「なんでよ」伊良部が唇をとがらせた。「そっちのミスを、どうしてぼくが被らなきゃなんないのよ」

「あいすいません。景品は限定品でひとつしかないんです」

「だったら余計に引き下がれないな。こっちだって欲しいし」

「あの、お子さんにお土産、ということなんでしょうか」司会者がおそるおそる聞く。

「ううん。ぼく用」伊良部は平然と答えた。

司会者はしばし眉をひそめると、ひきつった笑みを浮かべ、小声で言った。

「こちらは低学年の小さな子なので、譲っていただけると……」

「いやだ」

「別に粗品を用意しますので」

「いやだ。限定品がいい」伊良部は譲らない。

「先生」たまらず雄太は低く声をかけた。「譲ってあげればいいじゃないですか」

「いやだ。ひとつしかないのならジャンケンで決めるべきだ」

「そんな、大人でしょう」

「大人でもいやだ」

小学生が不安げに伊良部を見上げる。司会者は途方に暮れていたが、それでも抽選会は進行しなければならないので、ジャンケンをすることになった。

「ぼく、いい？」司会者が、申し訳なさそうに子供に同意を求める。

ジャンケン、ポイ！

伊良部が勝った。両手を突きあげ、満面の笑顔でよろこんでいる。

隣で小学生が泣きだした。

「なんて大人気ない奴だ」「子供に譲ってやれよ」あちこちで見物人がささやいている。

伊良部は一向に気にする様子もなく、「見て見て」と景品を手に雄太のところへやってきた。

「これ、きっと値打ちが出るよ」

伊良部の屈託のない笑顔を見て、雄太は思った。

この男は、人に好かれたいとか嫌われたいとか思っていない。子供と一緒で、他人のペースに合わせるということをしない。だから一人でも平気なのだ。

伊良部の無邪気さがうらやましかった。それはもしかすると、今の世の中ではもっとも強い武器のように思えた。


クリスマスイブの夜、雄太は一人で街をさまよい歩いた。家にいて、もし誰かから電話がかかってきたら、本当は予定がなかったことがばれてしまう。

ケータイは留守番サービスに設定し、出ないようにした。こんなことは初めてだった。

腹がへったが、マックにも吉野家にも入ることもできなかった。一人で入れば孤独な若者だと思われてしまう。すきっ腹を抱え、ネオンの光を浴びていた。

ただ、くせでケータイだけは握り締めている。表示窓の、メール受信のマークを始終目で探しているのだ。

マークが点滅した。こんな夜に誰からだろうと見ると伊良部だった。
《クリスマスケーキは帝国ホテルから取り寄せました》
また始まったのか。一人鼻息を漏らす。
《イチゴが大きくて満足しました》
まったくいい大人が。本来なら、サンタの衣装で自分の子供にプレゼントをあげる立場だろう。
《おかあさんがエルメスのパジャマをくれました》
力が抜けた。よく医者になれたものだ。
手持ち無沙汰なので雄太もメールを打った。
《ぼくはいま、女子校の女の子たちとスキー場へ行くバスに乗っているところです》
するとすぐさま返事がきた。
《ねえねえ、写真送って》
あちゃー。科学が進歩すると、嘘もつけないのか。
《すいません、嘘でした》どうせ歳の離れた他人なので、正直に書いた。《やることがないので一人で街をぶらついています》
何かを告白した気分だった。胸に、かすかに風が通った感じもする。
《ぼくも友だちはいないみたいです。ネクラなのがばれたのかもしれません》
すらすらと言葉が出てきた。なぜか素直な気持ちになっている。

《中学時代、地味な性格で友人ができませんでした。登校拒否にもなりました。高校生になったら自分を変えて友だちを作ろうと、入学以来、明るく振る舞ってきました。でもダメだったみたいです。無理はするものではありません》

せいせいした。本当は自分を偽ったり、他人の顔色をうかがう毎日に、いいかげん疲れていたのだ。

伊良部から返事がきた。

《七面鳥の丸焼きは伊勢丹に届けさせました》

おいっ。人の話は聞かないのか、この男は。

《カナダ産の本場物ターキーです》

だから友だちがいなくても平気なのだ。

《とてもおいしそうなので写真を送ります》

数秒後、画像が送られてきた。テーブルというか、診察台のようなものの上に七面鳥の皿が載っている。どうやらそこは伊良部病院の診察室らしい。うしろにマユミさんが見える。レンズに向かってピースサインを出しているのだ。ほかにもたくさん人がいた。

雄太は無性に人の声が聞きたくなり、電話を入れた。

「クリスマスイブだからね、退屈してる入院患者が集まってきたの」伊良部がのんびりした口調でしゃべっている。「どう、津田君も入院する?」

マユミさんが電話に出た。「暇ならおいで」いつもどおり無愛想な声だ。

「いいんですか」

「注射を打たれたいのならね」

「ひとつ聞いてもいいですか」

「何よ」

「マユミさん、彼氏はいるんですか」

「いないよ」

「ぼくじゃだめですか」

「子供はだめ」

間髪入れず返事された。でも愉快な気分になる。くじけず話を続けた。

「どんな人が理想ですか」

「友だちがいない奴。大勢で遊ぶの、苦手なんだ」

メリークリスマス。雄太は夜空に向かってつぶやいていた。

冬の星は、夏よりずっと凛《りん》としていて輝きを増している。

それはまるで、孤塁を守ることを恐れない北国の美女のように。

いてもたっても

1

図書館の閲覧室で、「確認行為の習慣化」という言葉を精神医学の本に見つけたとき、ルポライターの岩村義雄は「これだ」と思わず立ちあがっていた。

何事かと周囲の学生たちが視線を向ける。義雄は我にかえり、赤くなった顔で小さく咳払いした。

一回深呼吸し、ページに目を落とす。それは「強迫神経症」という項目だった。

ばかばかしい考えが、自分の意思に反して繰りかえし頭に浮かんできて、やめようと思っても、自分の意思ではやめられない——。これこそは自分のことだ。

確認行為が習慣化し、そのために社会生活に支障をきたすようになる——。まさしく最近の自分の日常だ。

額に汗がにじみ、動悸が速まってきた。おかしいとは思っていたが、こうして病名がつけられると余計に心細くなった。何かを宣告された気分だった。

たばこの火の始末が気になりだしたのは、三カ月ほど前からだった。自宅兼仕事場のマンションを出るとき、義雄の頭にふと疑念が浮かぶようになった。ちゃんと消したっけ――。鍵を差しこみながら、えもいわれぬ不安感が体の奥から湧きおこってくるのだ。

一度部屋に戻り、書斎の机の灰皿を確認する。完全に消してある。あらためて出かけようとすると、また疑いの気持ちが首をもたげてくる。机の上は書類と本の山だ。万が一のことがあれば、たちどころに燃え移ってしまう。義雄は再び部屋に戻り、火の始末を確認することになる。

もちろん、二度目は灰皿を流しに移動し、水を浸して念には念を入れた。なのに玄関を出ると、もう不安感のとりこになっている。もしかすると、消しかけのたばこが灰皿からこぼれ、書類の下に紛れているのではないだろうか。あの散らかった書斎のどこかで火種がくすぶっているのではないだろうか。そう思うと、焦りにも似た感情が頭の中を占拠し、出かけるのに時間がかかってしまうのである。

当初は、外出三十分前からたばこを吸うのをやめた。

それでも効果はなかった。たばこの火種はしぶとく、座布団などに落ちた場合は数時間かけて発火するという事実を知ってしまったせいだ。

ならばと思い、部屋の整理整頓を心がけることにした。散らかっているので、どこかに吸殻がもぐりこんでいると勘繰ってしまうのだ。

しかし長続きはしなかった。三十三歳で独身なのは、私生活がものぐさだからだ。マメさはすべて仕事で発揮されている。ゴミ出しすらろくにしない男に、毎日の掃除など望むべくもない。

義雄は出かけるたびに、たばこの火の始末に気を奪われ、五回六回と部屋に舞い戻る行為を繰りかえした。すっかり水浸しになった灰皿を見ながら、「これのどこに発火の恐れがあるのか」と自分に言い聞かせながらも、玄関を出るとたまらない不安に駆られた。

そして先週、ついに飛行機に乗り遅れた。

その日はたばこを吸わないようにしようと決意していた。事実その通りにした。しかし、ゆうべの吸殻をうっかりゴミ袋に入れてしまった。水に浸《つ》けることなく。

それで家を出た後、妄想がふくらんだ。あの袋の中で火種がくすぶっているのではないのか、と。

いったん考えると、最悪のシーンばかりが頭を駆け巡り、いてもたってもいられなくなった。最寄り駅で引きかえしていればまだよかったが、我慢できなくなったのが空港行きのモノレールの中だった。もちろん家についてみれば、散らかった無人の部屋がそこにあるだけだった。

義雄は仕事に穴を開け、自分の異常さに恐れを覚えた。

いくらなんでもおかしい。自分の行動はまともではない。

禁煙は何度も試みたが、だめだった。一日四十本、十五年間吸ってきたツケは大きかった。

それに、禁煙は根本的解決法ではない。理屈に合わない行動が問題なのだ。

義雄は職業上の習性から自分の病気について調べた。図書館で医学書を山と積みあげた。そして強迫神経症という病名にたどり着いた。症状は確認行為の習慣化。

となれば、することはひとつだった。病院へ行って治療を受けることだ――。

その病院を選んだのは、いつも利用する私鉄沿線にあるからだった。清潔なビルも好感が持てた。「伊良部総合病院」という大きな看板を見て、総合ならば神経科もあるだろうと門をくぐった。はたして神経科は存在したが、なぜか地下にあった。

ノックすると、「いらっしゃーい」という、まるで旅館の呼び込みのような明るい声が中から聞こえた。ドアを開け、診察室に入る。一人掛けのソファに太った色白の中年男がいて、満面の笑みで義雄を出迎えた。

「さあ注射、いってみようかー」両手を広げ、腰を浮かしかけている。

「はあ?」義雄はひょいと首を突きだし、眉をひそめた。

「ここんとこ、上の連中が患者を回してくれなくてさあ。うちら、もう二週間も注射打ってないんだよね」太っちょの医者が鼻の穴を広げている。「まったく内科は融通が利かないんだよなあ。風邪はすべて心身症にしろって言ってるのに」

義雄は呆気にとられた。なんだ、この男は? 白衣の名札には「医学博士・伊良部一郎」とあった。

「マユミちゃーん、今日は血管注射でいこうか。いちばん太いやつ」

その声に、カーテンの向こうからやけに肉感的な若い看護婦が現れた。態度は実に無愛想だ。だるそうに首筋をかいている。

「いやあ、うれしいなあ。今週患者が来なきゃ、上野公園でイラン人でも雇おうかと思ってたよ」

伊良部という医者が一人でぶつぶつ言っていた。義雄にはなんのことだかまるでわからない。あっという間に用意がなされ、義雄は左腕の静脈に懐中電灯ほどはありそうな太い注射を打たれることになった。

伊良部が、針が皮膚に刺さる様子を食い入るように見ている。顔全体を赤くし、鼻の穴をひくひくさせていた。

「痛ててて」義雄が思わず声をあげる。太い注射はさすがに痛かった。

看護婦を見る。仏頂面でガムをくちゃくちゃ噛んでいた。白衣にはスリットが入っていて、色艶《いろつや》もよい太ももが露《あらわ》になっていた。

ここは……病院か？　不意に現実感が希薄になる。

「当分、通院ね」伊良部が相好をくずして言った。「診察料、安くしとくからさ」

ますます言葉がない。首を探すのが難しい伊良部は全体がトドに似ていた。

「強迫神経症だってね。受付から回ってきた予備診察によると」

「……あ、はい」やっとのことで返事をする。

「珍しいよね。自分で診断を下してから来るっていう人も」

「そうなん……ですか？」

「ふつう、神経科に駆け込む人はパニックになってて、三人に一人ぐらいはズボンを穿き忘れてくるものだけどね」

そう言いながら、伊良部が跳ねている。「オイチニ、オイチニ」診察室の真ん中でラジオ体操の真似事を始めた。

「ルポライターだって？」顎の肉が大きく波打っている。「だから自分のことも調べちゃうんだ」

「ええ、まあ。調べるのが仕事ですから」

「じゃあ治療法なんかもわかってるわけだ。ううっ」依然、ラジオ体操は続く。腰に手を当て反りくり返っていた。

「……あのう、先生。座って話しませんか」

「ああ、そうだね。ごめん、ごめん。久しぶりの注射でつい体も軽くなっちゃってさ。あはは」

やっとのことで腰かけ向かいあった。伊良部はカルテを団扇《うちわ》代わりにして涼んでいる。いいのか、この病院で？　義雄の中で不安が募る。けれど、来てしまったものは仕方がない。義雄は気を取り直し、これまでの状況を説明することにした。対話は商売道具だ。筋道を立て、言葉を選び、理路整然と自分の症状を訴えた。自分でもうまく説明できたと思った。

「岩村さん、すごいね」伊良部が感心した。「わかってて狂うっていうのは珍しいんだよ」

「狂うって、先生……」その言い方にはさすがにむっとした。「わたしはカウンセリングを希望してるんですけどね」

医学書によると、不安神経症と異なり薬物療法は困難とのことだった。専門医の元で精神療法を行うのが一般的とされている。

「えー、カウンセリング？」伊良部が鼻の頭に皺を寄せ、さもいやそうに言った。「無駄だって。そういうの」

「無駄？」

「生い立ちがどうだとか、性格がどうだとか、そういうやつでしょ。生い立ちも性格も治らないんだから、聞いてもしょうがないじゃん」

「そんな……」義雄は絶句した。精神科医にかかるのは生まれて初めてだが、こんなことがあっていいのだろうか。

「それとも、なんか告白したいことある？」

「いいえ」

「だったら、いいじゃん」伊良部がソファに深くもたれ、短い脚を無理に組む。義雄はスツールに座らされていた。

もしかして、これも治療の一環なのか？　義雄はそんなことまで思った。

「気にしちゃいけないって思うこと自体が気にしてることで、どうせ堂々巡りなのよ」伊良部は両手を頭のうしろに組み、笑っていた。

「じゃあ、どうすれば……」

「たばこの火の始末だっけ。火災保険に入れば案外開き直れるんじゃないの」

「いや、そういう感じは……」義雄が一人首をひねる。

「たばこはやめられないんだよね」

「ええ」

「ならば、灰皿をやめて、水を入れたバケツにするとか」

ほう。義雄は意外な気がした。情緒性を排した、極めて現実的な対処法だ。もっと精神訓話的な話をされるものと想像していた。

「あるいは、帰らないっていう手もあるんだけどね」

「はあ？」意味を図りかねた。

「今日はとりあえず家を出てこれたわけでしょ。たぶん、火事にはなっていないだろうから、このまま帰らなきゃ、岩村さん家《ち》の安全な状態はキープされるわけ」

うなずいていいものやら、悪いものやら。

「出かけるごとに心配するんだから、出かけないか、帰らない、それで解決するのよ」

「うーん」義雄が唸《うな》る。虚をつく展開に、頭がうまく働かなかった。「とりあえず、水を入れたバケツは実行に移してみます」

「そうだね。どうせ強迫神経症なんて特効薬はないんだもん。いっそ出かけるときは部屋に水を撒いてみるとか。あはは」

高笑いされると、さすがに不愉快だった。伊良部は相当変わった医者のようだ。

「ところで岩村さん、ルポライターって何が専門なの」

義雄がひとつ咳払いする。「一応、『弱者の視線』というのが、わたしの取り組んでいるテーマです。公的機関や大企業の不正を告発し、弱者が不利益を被らない世の中にしようと……」

言いながら、少し胸がふくらんだ。

労を惜しまない取材力が認められ、義雄は総合誌に署名原稿を書けるまでになっていた。単行本の話が来るのは時間の問題に思えた。なにより商業ライターとはちがうという自負があった。同年代のライターたちは、編集部の言いなりに提灯《ちょうちん》記事を書いている。自分はジャーナリストなのだ。

「あっ、だったらさあ、そこの角の不動産屋が近所のワンルームマンションを丸ごとキャバクラの寮にしちゃってさあ、ホステスなら許すけど、柄《がら》の悪い男子店員ばっかなんだよね。筆《ひっ》誅《ちゅう》を加えてやってよ」

「いや、そういう近所の揉《も》めごとには……」義雄が眉をひそめる。

「線路向こうの病院の不正ネタをあげるから、それをたたくっていうのは?」

「ほう、保険料の水増し請求とかですか」

「そんなのはうちでもやってるよ。そこは看護婦を『ハワイ旅行つき』って募集して、熱海にも連れてかないんだよね」

伊良部を見る。冗談を言っているふうでもない。

「明日も来てね」と伊良部。つい「はい」と答えてしまった。

まあいいか。医学書にも特効薬はないと書いてあったし。大きな病院で二時間も待たされることを思えば、ここは空いているだけいい。

病院を出ると、義雄はケータイで自宅に電話をかけた。ここ最近の癖だ。多いときには一日に五回はかける。

留守録の応答メッセージが流れた。電話機は生きている。少なくとも、我が家が全焼してなくなっていることはない。

最初は応答があれば安心したが、あるとき「半焼で電話だけ残ることもありうる」と思ったら、「全焼ではない」という確証しか持てなくなった。

頭の中には、半分焼けただれたマンションの部屋で電話のベルだけが鳴っている光景が容易に浮かんでくるのだ。

胸騒ぎがした。馬鹿げていると頭では完全にわかっているのに、この不安がやむことはない。


駅ビルの喫茶店で編集者と仕事の打ち合わせをした。若者向けの雑誌から人物ルポの連載を頼まれたのだ。義雄にとっては人脈を広げる格好の機会である。

「岩村さん、この人選、ちょっと地味すぎません？」

自分より五つほど若い木下が「若きカリスマたち」の企画書を見て言った。

「そんなことはないさ。この人は若手の人権派弁護士だし、この人は障害を克服してCDデビューした歌手だし」

「歌手ったって、暗いフォークソングじゃないですか。ぼくがカリスマって言ったのは、渋谷のカリスマDJとか、IT関連の青年実業家とか、もっと派手な人たちのつもりだったんですけどねえ」

「そういう連中はどの雑誌だって取りあげてるじゃない。おれは、世の中にはこういう活動をしている人がいるって、十代や二十代の読者に伝えたいんだよ」

「うーん」木下が腕を組み、考えこんでいる。「とりあえず、デスクと相談してみますけどね」

「それから取材に二日はかけたいから、経費の方はよろしく」

「えーっ。嘘でしょう。一ページ記事ですよ。二時間くらい話を聞いて、写真撮って、それで終わりじゃないんですか」

「あのね、おれはそういう仕事はしないの」

義雄が諭すように言う。軟派な若者雑誌の編集者らしく、木下は茶色く染めた長髪をかきあげ、「わっかりましたー」と口をすぼめた。

仕事は最初が肝心だ。言いなりにならないライターだと、ちゃんと示しておいた方がいい。

帰りがけ、商店街の金物屋でバケツを二つ買った。

マンションに戻ると、二つとも水を半分ほど入れ、居間兼書斎と寝室の両方にそれぞれ置いた。

ためしに一服する。机の下のバケツに吸い終えたたばこを投げ入れると、「ジュッ」という音とともに火種が消えた。

これなら大丈夫そうだ。ここから火が出る可能性はゼロだ。

しばらく部屋で資料整理をする。その後、遅い昼食をとるために部屋を出ることにした。

ふとバケツを見る。紙巻が解けてすっかり形のなくなったたばこが、ヤニで濁った水に数本浮いていた。

いやな感じがする。

ここから火が出ることはない。しかし、灰を落とすとき、火の粉が周囲に散った可能性は大いにある。

義雄はバケツの周囲の、床に散らばった雑誌や書類を点検した。もしかして焦げた部分があるのではないか。不安な気持ちが徐々にこみあげてきたのだ。

馬鹿げている。一方ではそう自分に言い聞かせた。仮に火の粉が散ったとしても、それで火がつくことなどあるわけがない。

義雄は思いきって部屋を出た。玄関ドアを閉め、大きく深呼吸する。鍵を鍵穴に差しこんだところで、無意識に息が止まった。

一回だけ、確認するか——。部屋に戻り、机の上や下を点検した。

そうなると、だめだった。玄関に出て、また部屋に戻る。それを数回繰りかえし、結局外出を中止したのだ。

出前ピザをとることにした。このところ、こんな調子で週に三回は食べている。

義雄は深くため息をついた。留守番でも雇うかな。嫁さんがいれば言うことはないのだが。

いま一度、禁煙を真剣に考えた。そうしなければ外出できなくなってしまう。

2

「じゃあ、今日はどうやって出てきたわけ？」伊良部が、指で顎の肉をもてあそんで言った。どこかの元教祖のようにソファで胡坐《あぐら》をかいている。

「ですから、出かける用事がある日は朝からたばこを吸わないようにしているんです」

義雄が苦しげに訴えた。伊良部のような変人でも、相談相手がいるというのはありがたいことだった。注射は痛いが、それ以上に誰かに聞いてもらいたいのだ。

「それでも、出がけは大変なんですよ。ゆうべのたばこの吸殻がどこかでくすぶってるんじゃないかって、気になって気になって――」

「ふうん。言っとくけど、往診はやだからね」

「そんなこと頼んでませんよ。先生、やはりたばこをやめるのが先決なんでしょうねえ」

「ううん」伊良部はあっさり首を振った。「そんなの単なる現象だもん。たばこをやめても、次にガスの元栓が気になったら、今度はそっちに強迫観念が向かうわけでしょ」

「ガスの元栓？」

いやなことを聞いたな——。恥骨のあたりに、痒《かゆ》いような痛いような、妙な感覚が走った。

台所のガスの元栓は……閉めていない。ガスコンロの元栓を閉めたことなど、一人暮らしをはじめて一度もない。気にかけることすらなかった。

今のマンションに引っ越して三年だ。ガス器具の点検をしたことはない。ゴム部が硬化してひび割れている可能性は大いにある。

「先生、変なこと言わないでくださいよ」義雄は情けない声を出していた。「ガスの元栓、急に心配になってきたじゃないですか」

「この前も聞いたけど、火災保険は入ってないの」

「家主が入ってると思います。こっちは契約時に家財道具の保険に入らされました」

「じゃあいいじゃん。心配しなくても」

「そういう問題じゃないでしょう。火事を出したらいろんな人に損害を与えるでしょう」

「お互い様だよ。地球上から火事はなくならないんだし」

どういう理屈なのか。義雄は軽いめまいを覚えた。

「先生、今日はこれで失礼します」

「もう？　来たばかりじゃない。お茶ぐらい飲んでいってよ。おーい、マユミちゃん」

呼ばれた看護婦が、部屋の隅で面倒くさそうに顔をあげる。

「患者さん。ガス漏れ、確認してきた方がいいですよ」ぞんざいな口調で言われた。

なんて看護婦だ。こっちの不安に輪をかけるようなことを。

じっとしていられなくなり、立ちあがった。

「岩村さん。待ってよ」伊良部に引き止められた。「線路向こうの病院だけどさ、どうやらベッド数もごまかしてるらしいんだよね。まあ、うちもやってることだけど、向こうはなんと二割増し。これっていい度胸だよ。告発してやってよ」

「それどころじゃないですから」手を振りほどき、出口に向かった。

「どこかに発表してくれたら百万円あげるけどね」

相手になっていられない。義雄は表通りへ出ると、タクシーを拾い家路を急いだ。

頭の中では、ひび割れたゴムパッキンからシューシューとガスが漏れている光景がはっきりと浮かんでいる。膝が小さく震えた。

どうしてここまで具体的に想像が及ぶのか。義雄は泣きたくなってきた。

タクシーの窓から自宅のある方角の空を見つめた。煙は上がっていない。

はたして到着してみれば、いつもどおりの薄暗くて散らかった無人の部屋があるだけだった。どっと疲れが出てきた。

義雄は窓を開け、部屋の空気を入れ替えた。四階のベランダから町を見下ろす。思わず吐息が漏れた。

いくらなんでもまずい。これでは外出するたびにパニックになってしまう。

ふと向かいのたばこ屋に目が行く。いつもカートン単位で買っている店だ。自分の母親ほどのおばさんが店番をしている。

義雄は部屋を出て、そのたばこ屋に行った。

「すいません」いつもよりそっと声をかける。

「いらっしゃい」おばさんが白い歯を見せる。会話を交わしたことはないが、顔は覚えているようだ。

「あのう、実はお願いがあるんですけど」義雄が腰を低くする。「この店の電話番号、教えてもらえませんかね」

「はい？」おばさんが怪訝《けげん》そうに眉を寄せた。

「ぼくが、ときどき外出先から電話を入れるので、そうしたらこのマンションが」振りかえり顎でしゃくった。「燃えてないかどうか、教えてもらえませんか」

おばさんが黙った。しばらく義雄を見つめ、椅子をうしろに引いた。

「いや、そのね。説明するとですね」まずいと思い、笑顔を作る。「ぼくは、たばこの火の始末やガスの元栓が閉まっているかどうか、気になってしかたがなくて――」

おばさんが奥に向かって首を伸ばした。「ちょっと、サヨコさん」

「あの、ちょっとだけ聞いてもらえませんか」汗がどっと噴き出てきた。

奥から三十がらみの女が現れた。「お義母《かあ》さん、どうしたんですか」

「この人、変なの」

二人の女に警戒の目を向けられる。若い女の方が恐る恐るといった体《てい》でガラス窓を閉めた。

そのガラスに自分が映っている。

いたたまれなくなり、義雄はたばこ屋を離れた。そしてマンションのエレベーターの中で我にかえり、顔が熱くなった。

自分はなんてことを口走ってしまったのだろう。信じられない。正気の沙汰ではない。近所で噂が立つのは必至だ。

一人頭を抱えた。狂うということが具体的にわかった気がした。


編集の木下を説き伏せ、人物ルポの人選は義雄が決めることになった。第一回はホームレス詩人だった。

「えーっ、臭そうですね」

イタリア物のシャツを着た木下が顔をしかめた。

「あのさあ、君はどういう仕事を望んでるわけ」

「ぼくッスか。やっぱおいしい仕事じゃないですかねえ。海外リゾートの取材だとか、新製品の紹介だとか。情報ページの担当者なんか、映画はただで見放題、CDは見本盤をもらい放題で、憎たらしいったらないッスよ」

木下が横髪を手ですいている。義雄は年長者として意見することにした。

「君ね、少しは志を持ちなさいよ。役得なんてのは人間を卑しくするんだよ。社会に役立ってこその社会人だろう」

「いやだなあ、岩村さん。おやじみたいなこと言って。彼女とかいないんスか」

「話を混ぜっかえすな」

情報誌の編集者はどうにも軽くて勝手がちがった。

インタビューは代々木公園で行った。まだ三十代前半だというホームレスの男は、原宿駅前でポストカードに自作の詩を筆でしたため、女子高生に百円で売っていた。

《誤解されやすい、そんな君をぼくは見ている》

「岩村さん、こいつ、いんちきッスよ」木下が声をひそめる。

「なんで君が決めるんだ。現に女子高生の間では密かに人気を呼んでるんだぞ」

「それはつまり、子供だましってことじゃないですか」

「うるさい。そういうすれた考えがおれは嫌いなの」

木下を黙らせ、インタビューを始めた。男はホームレスにしては身ぎれいな方だった。髪も鬚《ひげ》も切りそろえてある。

「ぼくはつまり、企業社会への反旗をひるがえす意味で、積極的動機でホームレスになったんだよね」男が口の端に笑みを浮かべて言う。「要するに既存の社会にとりこまれたくないわけですよ。人が人らしく生きるために」

その発言には同意できた。男には卑屈な様子もなく、むしろ自由人であることを誇っているように見えた。

「十代の子たちにもわかってもらいたいんだよね。なにも大学に行って企業に就職するのが人生のすべてじゃないって。競争しなくたっていいじゃない」

木下に服を引っ張られた。少し離れた場所に移動する。

「なんだ、取材相手に失礼だろう」義雄がにらんだ。

「失礼もなにも、今は二十一世紀ですよ。なんスか、あの手垢《てあか》つきまくりの人生論は」木下は目を剝《む》いている。

「逆に新鮮なんだよ、今の若者には。その証拠に人気があるわけだろ」

「馬鹿はどの時代にもいるってだけのことでしょう」

「どうしてそういうひねたことを……」

「これ、本当に記事にするんですか」

「当たり前だろう」

木下が首を左右に振り、ため息をついた。

「岩村さん、生真面目すぎますよ」

インタビューは二時間かけて行った。男は饒舌《じょうぜつ》で、最後には詩集を出版したいという話になった。

木下はうしろで不貞腐れていた。「しーらないっと」薄曇りの空に向けてたばこを吹かしていた。

伊良部病院へは毎日通うことになった。試しによその病院の神経科をのぞいたら、患者が待合室に溢れかえっていて、まともな診察が受けられるとは思えなかった。

「ねえねえ、岩村さん。線路向こうの病院、なんとかしてよ」

こんな相手でも、今は誰かとゆっくり話がしたい気分なのだ。

「それより先生、おかげでこっちはたばこの始末に加えてガスの元栓まで気になるようになっちゃいましたよ。どうしてくれるんですか」

義雄が抗議する。東急ハンズでゴムパッキンを購入し、新品と交換したが、それでも不安は消えなかった。

「だから火事はお互い様だって」

「そんなふうに思えるわけがないでしょう」

「じゃあ今日はどうしたの。不安じゃないわけ」

「仕方がないから、出かけるときはガスメーターを外から止めることにしたんですよ。これなら部屋にガスがいかないわけでしょう」

実際そうしていた。面倒で仕方がないが、そうしないとガス漏れが心配で家を出られないのだ。

「へえー、頭いいね」伊良部が無邪気に感心している。「案外そうやって心配事の根を絶っていけば治るかもしれないね」

義雄が顔をあげる。

「すべてに先手を打って心配事を封じ込めればいいわけだから、岩村さん、それできっと快方に向かうよ」

初めて伊良部からかけられた励ましの言葉だった。不覚にも目頭が熱くなる。

「でも、そうなると、ガスの次は電気が来そうだね」

「はあ?」顔をしかめた。

「火災の原因はガス漏れより漏電の方が多いっていうし。タコ足配線とか、テレビのブラウン管の自然発火とか」

伊良部はなんてことを言ってくれるのだ。頭の中に、自分の部屋の光景が映し出されていった。コンセントには何本もの電気製品がつながれている。その周りは本と資料の山だ。発火したらたちまち燃え広がる——。じんわりと血の気が引く。指先が小さく震えた。

帰ったらタコ足配線をなんとかしよう。いちばん密集しているのはパソコンのある机まわりだ。電気スタンドとラジカセは押入れにしまおう。でも、ブラウン管の発火にはどう備えればいいのか。

「先生、タコ足はともかく、テレビからの火事でもぼくの責任になるんですかねえ」

「さあ、メーカーと裁判で争ってよ」

めまいがした。ルポライターという職業上、望むところではあるが、企業相手の裁判がどれほど不利で神経を消耗するか、義雄は充分に理解している。

テレビ、置くのやめるか……。

いや、これこそ馬鹿げている。だいいちテレビは全世帯にある。自分だけ心配するのは不公平だ。

「先生は、自宅のテレビ、心配じゃないんですか」義雄が聞いた。

「うちは液晶。ブラウン管じゃないの」にんまりと歯茎を見せる。「壁掛けの最新型。百五十万円もしちゃった。えへへ」

義雄は肩を落とした。この機会に買い換えるか。どうせ十年も前のモデルだ。

それにつけても漏電などどうやって手を打てばいいというのか。ブレーカーを毎度落としていたら、電話やファックスの留守機能は使えないし、冷蔵庫の中のものは腐るし……。

「建物が築二十年を超えると、壁の配線も傷んでくるし、ときには鼠がかじることもあるし」と伊良部。

「先生、脅かしっこなしですよ」お尻がむずむずしてきた。

「ごめん、ごめん」屈託なく笑ってる。「ところでコーヒーでも飲む？　おーい、マユミちゃん」

部屋の隅にいた看護婦が、白衣を捲《まく》りあげ太ももをぽりぽりと掻《か》いた。

「漏電、早く帰って点検した方がいいんじゃないですか」だるそうに言って、窓の外に目を移した。

そうだ。早く帰ろう。焦る気持ちが喉元までこみあげてきた。

無事を確認したら、小型の液晶テレビを買おう。冷蔵庫が使えないとなると、クーラーボックスを手に入れる必要もある。

「失礼します」声が微妙に震えていた。

「なによ、もう帰るの。線路向こうの病院の話も聞いてよ。あいつら、治りもしない患者を薬漬けにしてさあ。うちもそうだけど――」

かまっていられない。義雄は病院を出るとタクシーに飛び乗り、自宅を目指した。マンションのある方角の空を見る。なんだか毎回こんなパターンの気がする。

早春の青空を眺め、どんどん気分が落ちこんだ。これから自分はどうなってしまうのだろう。

3

あれこれ迷ったあげく、出かける際にはガスメーターを止め、電気のブレーカーを落とすことにした。

冷蔵庫の中は飲み物だけにし、生ものはいっさい買わないことにした。

机まわりの電気製品は整理した。電気スタンドをやめ、工事用の懐中電灯つきヘルメットを被ることにした。人には見せられない執筆風景だった。

「岩村さん家の留守電、どうして応答しなくなったんですか」木下に聞かれた。

「ケータイがあるんだから、そっちにかけてくれ」

「でも、ファックスの留守受けができないのは困るんですけど」

「あのな、十年前にはそんなものなかったんだ。ゲラは郵送にしてくれ」

「そんな……」木下が口をとがらせる。

義雄自身、変なやつだと思われているんだろうな、という自覚はあった。

打ち合わせ中、消防車のサイレンが聞こえたとき、そこが自宅から十キロも離れているというのに、「もしや」と青くなり、中座して帰宅したことがあった。

打ち合わせ相手は、義雄の青ざめ方を見て、てっきり危篤の親でもいると思ったらしい。のちに事情を説明すると、上体を引き気味にしてぎこちなく笑っていた。

マンション前のたばこ屋には本当に電話をかけた。地方に出かける仕事があり、その日は朝から各種点検に二時間以上費やした上での外出だったが、東京駅のホームでたまらない不安感に襲われた。コンセントからは煙、ガス管からはガス漏れ。その光景が頭に浮かび、膝ががくがくと震えた。

このまま新幹線に乗る勇気はなかった。もし乗れば、我が家の火事が頭から離れない出張になってしまう。かと言って、家に引きかえせば多くの人に迷惑をかけてしまう。

義雄は一〇四で向かいのたばこ屋を調べると、ケータイから電話をかけた。躊躇《ちゅうちょ》はなかった。いつもの店番のおばさんが出た。

「すいません。正面のマンション、四階から煙とか出てませんか」

前例があるので、すぐに義雄からの電話とわかったようだった。

「お願いです。燃えてないかどうかだけ教えてください」

切羽詰まった口調に気圧《けお》されたのか、おばさんが「燃えてませんけど」と怯《おび》えた声で答えた。

なんとか出張に行くことができたものの、その後はマンションの前を堂々と歩きづらくなった。

野球帽を目深に被り、たばこ屋を見ないようにして小走りに駆け抜けるのだ。

なにをやっているのだ、このおれは――。自分の置かれた状況が信じられなかった。

子供のころから積極的な性格で、クラス委員も生徒会役員もこなしてきた。人の輪の中心にいて、みなを笑わすのが好きだった。それが今では、ありもしない火事の可能性に気を奪われ、自由な外出もままならない。

体重が三キロ増えた。いっさいの自炊をやめ、店屋物と出前ピザに頼っているからだ。

テレビはポータブルの液晶式を見ている。

携帯電話を充電するときは、赤いランプが消えるまでずっと監視している。


そんなとき、最上階に住む家主の老婆から頼みごとをされた。義雄が住む四階の廊下の蛍光灯が切れたので、交換してほしいというのだ。この家主は夫に先立たれ、一人で都会暮らしをしている。蛍光灯ひとつ付け替えるのも難事業なのだ。

お安い御用なので、愛想よく引き受けた。椅子に乗り、簡単に付け替えた。

「すいませんねえ」老婆は丁寧に頭を下げて、上の階へと去っていった。親切をしたあとは自分もすがすがしい気持ちになる。

ただ夜になり、部屋の蛍光灯をぼんやり見上げたとき、胸騒ぎがした。

このマンションは古い。各部屋は店子《たなこ》が変わるたびに修繕しているだろうが、共用部分となるとメンテナンスは省いている可能性が高い。当然、配線など竣工時のままだろう。

いかん、いかん――。義雄はあわてて打ち消そうとした。マンションの廊下は自宅じゃない。自分の関知するところではない。

老婆の人のよさそうな笑顔が浮かんだ。義雄はてのひらで頰を数回たたいた。

漏電――。

「うわーっ」一人で声をあげていた。顔が汗まみれになる。

出火――。

顔は熱いのに背中を悪寒が走った。

廊下はコンクリートだ。そう簡単に燃えるはずがない。必死に自分に言い聞かせる。

うん？　待てよ。蛍光灯を付け替えたその前の部屋は、いつも廊下に段ボール箱を出していたはずだ。確かミネラルウォーターの空き箱だ。引火するとしたらあれだ。

義雄は廊下に出ると、その部屋のチャイムを押した。「はーい」と女の声がする。出てきたのは髪を金髪に染めた若い女だった。

「あの、そこの角の部屋の者ですけど。この段ボール、廊下に出すのやめてもらえませんかね」

「はい？」女が怪訝そうな顔をする。

「中に置いてほしいわけですよ」

義雄が真顔で告げる。クレームとわかったのか、女の目が吊りあがった。

「これ、宅配の健康水だけど。留守のときに業者が置いてくしィ、空きボトルも回収してくしィ、しょうがないのよねー」

「廊下に物を置くって、たぶん消防法に触れると思うんです」

「あんたに迷惑かけた？」顔を赤くしていった。「小さな箱だし、大家さんだって何も言ってこないよ」

「いや、もしも火が出た場合にですね。燃えるんですよ、これは」

「はあ？　おかしいんじゃないの、あんた。どうしてここで火事になるのよ」

「そこの蛍光灯が」廊下の天井を指でさした。「もしかすると漏電で出火するかもしれないんです」

「警察呼びますよ」女のとがった声が耳に刺さる。勢いよくドアを閉められた。

義雄は腰に手を当て、ため息をついた。どうすればいい？　部屋に帰り、とりあえずコンビニ弁当で夕食を済ませた。ベッドに横になり、仕事に必要な本を読もうとするのだが、廊下が気になって頭に入らない。

何度か玄関まで行き、ドアのレンズから廊下を見た。

いまのところ、漏電の気配はなさそうだ。ただ、この先は何が起きるかわからない。自分が取り付けた蛍光灯だ。なんだか責任の一端は自分にある気がする。

義雄は椅子を玄関の三和土《たたき》に移動し、電話帳で高さを調節し、そこに座って廊下を監視することにした。ときどき本に目を落としながら。

不自由だが仕方がない。こうしないと、一秒たりとも落ち着かないのだ。

帰宅するマンションの住人も逐一監視することになった。知らなかったが、二軒隣はホモのカップルだった。廊下でいちゃついていた。

なんの心配もなく生活できる住人たちが羨ましかった。数カ月前までは自分もそうだったのに、いったい何が悪かったのか。

深夜になると毛布を被った。眠い目をこすりながら朝まで廊下を監視した。

午前六時、早起きの老婆が降りてきて、各階の電気を消して回った。

それで義雄はやっと眠ることができた。

疲労が背中にびっしりと張りついている。次回は伊良部にビタミン注射を打ってもらおうと思った。

「じゃあ二本打っちゃおうか」伊良部が目を輝かせ、義雄は腕とお尻に特大の注射を打たれることになった。「一本はただにしてあげるから」声まで弾んでいた。

伊良部に昨夜から今朝のことを話す。このままいけば、今夜も同じことをしそうで気がめいると、窮状を訴えた。

「でもさあ、そうやって火事の心配をすると、最後は放火の心配をしなきゃならなくなるよ」

伊良部がソファで、今日は女座りをして言った。

「どういうことですか」

「だって火災の原因の一位は、たばこの火の不始末でも漏電でもなく、放火だもん。岩村さん、いまにマンションの周囲を一晩中パトロールしなきゃならないことになるよ」

「いや、放火ならたぶん気にならないと思います」

「どうして？」

「自分の責任はゼロだから」

「ふうん」伊良部が唇をすぼめ、首をぽりぽりと掻いている。「要するに、岩村さんは、自分に少しでも責任が生じそうなことに強迫観念を持ってるんだ。関与したら最後ってわけだね」

伊良部に言われ、自分でも病気の実体がわかった気がした。廊下の蛍光灯を、ほかの人間が付け替えているのを見たのなら、なんの心配もしないだろう。自分が手を触れたことで、自分の問題にしてしまっているのだ。

「いいこと思いついた」伊良部が膝を打つ。「マンションの管理人になればいいんだ」

「はあ？」

「きっと優秀な管理人になると思うなあ。これだけ火事のことを心配してくれるんだから」

「いやです」顔をしかめて言った。「店子の火の不始末まで心配しなきゃなんないでしょう」

だいいち自分はルポライターとして将来を嘱望されているのだ。どうしてこんなところで足踏みしていられよう。

「じゃあ、そろそろ、本格的な治療に入ってみようか」と伊良部。ソファから立ちあがり、腰を左右にひねった。「行動療法の一種だけどね」

義雄が見上げる。治療？　心の中に陽が差した気がした。治す方法があるのだろうか。

「ついてきてね」伊良部が診察室を出ていく。義雄は従った。出がけに看護婦と目が合う。関心がないといった態度でプイと横を向かれた。

病院を出て通りを歩いた。どこへ行くのか？　訝《いぶか》りながらもあとをついていく。伊良部は鼻歌を唄っていた。うしろから見ると、伊良部は着ぐるみそのものだった。背中にファスナーでもあるのではとつい探してしまう。

線路を渡り、ほどなくして高いブロック塀に突きあたった。塀の向こうには桜の木が何本も連なっている。植物の青い匂いがした。そろそろ蕾《つぼみ》がふくらみかけているのだ。

目の前の建物を見上げる。廊下を看護婦が行きかい、病院であると一目でわかった。

「その塀の向こうが中庭になっててさ、医師や職員の休憩所になってるの」

伊良部が口を開く。なんのことかと思った。

「そこの植え込みに砂利があるからさ。適当な大きさの石を拾ってよ」

伊良部が腰を屈め、石を物色した。まさかと思いつつ、義雄も倣《なら》う。

「じゃあ投げようか」と伊良部。

「ちょっと待ってください」義雄は目を剝いた。「誰かに当たったらどうするんですか」

「当たらない可能性の方が高いよ」

「そんな――」

「地球は、人のいるところより人のいないところの方がはるかに広いの。だから目をつぶって石を投げても、当たらないことの方が多いの」

「どういう理屈ですか。ここは東京のど真ん中だし、だいいちこの塀の向こうは病院関係者の休憩所になってるわけでしょう」

「心配性だなあ、岩村さん。そんなんだから漏電なんか気にしちゃうんだよ」

「いや、これはちがうと思いますよ」

「一緒、一緒」伊良部が白い歯を見せる。「いくよー」逡巡というものをすることなく石を投げた。

ピンポン玉ほどの石は、青空にきれいな放物線を描き、塀の向こうに消えていった。地面に跳ねかえる音がする。人の反応はない。

「ほらね」伊良部が笑っている。「でもつまんないなー。この前は『こらーっ』って声が返ってきたんだけど」

「先生、ぼくもやるんですか」不安な気持ちで聞いた。

「治療だから」

「ほんとですか」

疑心暗鬼で石を手にした。伊良部といると、どこか操られるようなところがあるのだ。

そっと、桜の木をめがけて投げた。

「だめだめ」伊良部が大げさにかぶりを振っている。「腰が引けてる。『ままよ』って感じで投げなきゃ。どうせここは悪徳病院なんだから」

「先生、なんか話が脇道にそれてません？」

「それてない、それてない」一人で高笑いしていた。

義雄は再び石を手にし、生唾を飲みこんだ。頭の中に、石が美人女医の額を直撃する光景が浮かぶ。血の気がひいた。

「先生、やっぱりやめた方がいいですよ。人に当たったらまずいですよ」

「たら、れば、は考えないの」

「考えるのが人間でしょう」

「臆病だなあ。ほれ」伊良部がまた石を投げた。今度は建物の壁に当たった。

義雄は咄嗟《とっさ》に周囲を見た。目撃者がいるのではないか。心臓が波打っている。

なのに伊良部は一向に周りを気にする様子もなく、石を物色している。

自分も変だが、こいつはもっと変だ。

義雄は思った。世の中には、心配をかける人間と心配をする人間とがいる。伊良部は前者で自分は後者だ。後者が前者の分まで心配することにより、世の中は平和裏に運んでいるのだ。

なんて不公平なのか。心配はシェアし合うべきだろう。

義雄は腹に力を入れると、投げる構えに入った。

「おっ、やる気になったね。じゃあぼくも一緒に投げる。どの石が誰のかわからないように」

うん？　どういう意味だ。ともあれ石を思いきり高く放った。二つの石が病院の敷地内に消えていく。

その後、パーンというガラスの割れる音がした。しかも分厚いガラスだとわかる大きな音だ。伊良部が駆けだしていた。巨体でぐんぐん路地を進んでいく。

「先生、ちょっと」あわてて義雄が追いかけた。

「いまのは岩村さんの投げた石だからね」顎の肉をたぽたぽと揺らしながら伊良部が言った。

「そんな。何を証拠に」息が切れた。全力で走るなんて何年ぶりだろう。

「次は火炎ビンにしようね」

「何を言ってるんですか」

「治療、治療。あははは」

適当な感想が思いつかなかった。

みんなが伊良部のようなら、きっと地球上の悩み事の大半は雲散霧消することだろう。

くそお。呑気を独り占めしやがって。

ところで今の行為は、誰かに目撃されたのではないのか。胸の奥がきりりと痛んだ。

なんて損な役回りなのか。義雄は全力で町を駆けていた。

4

義雄の「確認行動の習慣化」はじわじわと対象範囲を広げていった。

手に触れたものすべての、その後を案じてしまうのである。

仲間と焼肉屋で食事をしたとき、「もう火を止めようか」と義雄がコンロの火を消した。もしかして、完全に止めてなくてガスが漏れているのではないか——。深夜に店のシャッターを叩き一一〇番通報された。

もはや火だけではない。駅前で、歩道に倒れている自転車を起こした。ちゃんとスタンドは立てたか？　将棋倒しになって誰かに被害が及ぶのではないか——。電車の中で気になりはじめ、すべてを投げだし引きかえすのだ。

だから、女の子の運転する車のタイヤがパンクし、交換作業を頼まれたときは即座に断った。ボルトの締め付けは充分だったか——。後を追うことは必至だからである。

信じられないといった表情の女を見て、結婚は危ういな、と義雄は自分の行く末を悲観した。伊良部の言ったマンションの管理人はともかく、東シナ海で不審船を見張る仕事はどうかなと思ったりする。見張るのがいちばん得意なのだから。

そんな意気消沈の日々に、さらに追い討ちをかける出来事があった。

以前取材したホームレス詩人が、女子高生数人にいたずらを働いたのだ。自分の記事が掲載された雑誌を見せて信用させたらしい。女子高生たちは警察には行かず、編集部に苦情を言ってきた。

「だから言ったじゃないッスか。あの男はいんちきだって。まったく岩村さんは、あの手の反体制もどきに点が甘いんだから」

木下になじられ、返す言葉もなかった。だが、それより今後の対策だ。さらなる被害を出さないためにも、男を捕まえなくてはならない。

「いいんじゃないですか、放っておけば」木下は鷹揚《おうよう》に構えていた。「いたずらって言っても、乳を揉まれたぐらいだし。女の子たちがキャーって叫んだら逃げていったっていうし。小物ですよ。それに当の女どもだって、誰かに知恵をつけられたのか、『どうしてくれんのよ』って金品を要求するようなこと言いだして。女性誌の編集部からガメた化粧品の試供品を箱ごと送ったらおとなしくなりましたよ」

「いや、しかし性犯罪は常習性があるから」

「またまた、岩村さん、心配性なんだから」

「雑誌に載せちゃったんだから、道義的な責任があるだろう」

「ありません。大々的に取りあげたのならまだしも、たかが一ページ記事でしょう。仮に人を殺したって、こっちは無関係です」

人を殺したって？　いやなことを聞いたな。義雄の胸の中で黒い空気が充満した。

気の小さい男ほどパニックに陥りやすい。悲鳴を上げられ、ばれるの怖さに首を絞めるのだ。

義雄は頭を抱えた。そこまで自分に責任はかからないだろう――。

伊良部に相談すると、「原爆落としても無関係」と笑っていた。

やや安心する。ここ最近、伊良部病院への通院は心の糧《かて》となっていた。相変わらず家を出るのに二時間もかかる始末だが、行けば不思議とリラックスすることができた。「動物ヒーリング」に近いのだろうか。動物園でラクダや水牛を眺めている感覚に似ているのだ。

「その男を捕まえて例の病院に火炎ビンを投げさせよう」

ただし考えていることはわからない。この日も「行動療法」をやると言いだした。

「先生、この前みたいなのはいやですよ」

「大丈夫。今度は院長に的を絞るから」

「はあ?」

「悪いやつなんだって。製薬会社からはリベートを取ってるし、あちこちでうちの病院の悪口を言ってるし――」

「先生、警察沙汰になりますよ」

「平気、平気。うしろめたいから絶対警察には駆けこめないって」

伊良部が白い歯を見せ、両手で腹を揺らしている。

「ちなみに、何をするんですか」恐る恐る聞いた。

「院長のベンツのタイヤからボルトを半分抜こうと思ってるんだけど」

「絶対にいやです」きっぱり断った。「走行中にタイヤが外れたらどうなるんですか」

「事故るだろうね」しれっと言う。

「死人が出たらどうするんですか。関係ない人を巻きこんだらどうするんですか」義雄はつばきを飛ばし、抗弁した。

「それは賭けだって。タイヤが外れるかどうか、事故るかどうか、死人が出るかどうか」

「いったいなんのために」つい声が裏返った。

「プラス思考の訓練でしょう」伊良部はとってつけたダミ声だ。

「嘘だ。わたしにやらせて、ライバル病院に日ごろの恨みを晴らそうとしてるんでしょう」

「あ、やっぱりわかっちゃった？」いきなり表情をくずす。

「わからいでか」

全身の力が抜けた。治療は医学書を繙《ひもと》こう。伊良部はただの話し相手でいい。それより、あのホームレスの男だ。やはり放置はできない。


義雄は代々木公園へと出向いた。ほかのホームレスたちをつかまえて聞くが、みな口を揃えて「最近見かけない」と言っていた。原宿にはもういられなくなったのだろう。

仕方がないので、渋谷や新宿まで探しに出かけた。頭の中では、義雄が書いた雑誌記事を少女たちに見せ、淫《みだ》らな行為に及ぶ男の姿が浮かんだまま消えてくれないのだ。

「正気ですか」木下には白い目を向けられた。「そのうちポストが赤いのも自分のせいだと言いだすんじゃないですか」

連載の人選はもう木下に任せることにした。自分が選んだが最後、身元調査までしてしまいそうだからだ。

ホームレスは横のつながりがあるらしく、知り合いが見つかって芋づる式の情報も得られた。恵比寿で見た。中野で見た。けれど男は転々としているようで、いずれもすでに立ち去ったあとだった。

ばかばかしいな。探しだしたからといって、告発するつもりもないのに——。ため息が出る。きっと、男の顔を見てひとこと言えればいいのだろう。あんた、あの雑誌記事を悪用しないでくれよな、と。それで自分は安心できるし、肩の荷が下りるのだ。

発端はたばこの火の始末だった。それがどうしてここまでエスカレートしたのか。子供のころから人一倍責任感が強かったが、同時に気が小さいのも事実だった。修学旅行でクラス委員をしたときは、何度も点呼し、みなにうるさがられたものだ。失敗が怖かったのだ。

池袋の西口公園で男を見たという目撃情報が入った。

早速足を運ぶと、くだんのホームレス詩人が隅っこで店を広げていた。思わず「いた」と声をあげた。女子高生相手にまた詩を売っていた。

「ちょっと、あなた」義雄が声をかける。「探しましたよ」

男は見る見る青ざめ、後ずさりした。

「わたしの書いたあの記事、もう悪いことに使わないで——」

言い終わらないうちに男が逃げだした。おい、誤解するな。心の中で叫び、追いかける。男が足をもつれさせ、すぐ先で転倒した。

「逃げることはないだろう」義雄が腕をつかみ、引き起こしてやる。「べつに警察に突きだすとか、そういうことは——」

顎に衝撃が走る。殴られたのだ。それも拳で。顔全体がかっと熱くなった。

男が公園の外へと全力で駆けていく。義雄はあとを追った。もう注意などどうでもいい。一発殴りかえさないと気が済まない。

刑事ドラマのように池袋の街を追跡した。男が出前持ちの自転車とぶつかった。蕎麦《そば》が宙に舞う。それを頭から被ったらますます頭にきて、義雄は絶対に逃がさないと心に誓った。

曲がり角で追いつき、タックルした。転ぶと痛いかな、とかすかに思ったが、体が勝手にそうしていた。

男がアスファルトに前倒しになる。男のジャンパーのポケットから小さなビニール袋がこぼれ、道に散乱した。それには白い粉が詰まっていた。

《路上詩人、実は覚醒剤の密売人》

《記事悪用された。ルポライター執念の追跡》

事情を説明するのが面倒なので、マスコミが報道するままに任せたら、義雄は一躍英雄に祭りあげられた。逃げ回ったら「謙虚な青年」といっそう評価は高まり、執筆依頼が殺到した。

「確認行為の習慣化」も、とんだところで社会に役立ったものである。

「すごいね、岩村さん。有名人だね」伊良部が自分のことのようによろこんだ。「この調子で、行動療法、いってみようか」

「いやですよ」病院通いは相変わらずである。いったい何本注射を打たれたことやら。

「少なくとも前向きには考えられるようになったでしょ。注意深い人間がいて、世の中の安全は守られているわけだから」

「こっちは守る役ばかりで不公平ですよ」

「じゃあ、ベンツのタイヤ、いかなきゃ」子供のように口をすぼめている。

「どういう関係があるんですか」

「誰かが守れ、ぼくは知らないってソッポを向けばいいの。心配は人にさせるの。たとえばバスに乗ってて、次のバス停でほとんどの人が降りるとするよね。団地前とか、駅前とか。そういうとき、自分では降車ブザーを押さないで、誰かに押させるわけ。大丈夫。必ず誰かが押してくれるから。乗り過ごすのいやだし」

大いに思い当たった。自分はいつもブザーを押す役目の人間だ。

「院長のベンツなんだから、院長に心配させればいいんだよ。でしょ?」

その飛躍がわからない。伊良部は利口なのか、馬鹿なのか。

「自分でやろうかな」屈託なく笑っている。

夕方まで伊良部とおしゃべりし、病院をあとにした。腹がすいたので近くの食堂で定食を食べ、駅に向かってぶらぶらと歩いた。

いつぞやの病院の塀にさしかかり、ふと通りの奥を見ると、白衣姿の伊良部がいた。病院の敷地から出てくるところだった。手には工具箱を提げている。

工具箱? 声をかけるべきか、迷っているうちに伊良部はポルシェに乗りこんだ。太いエンジン音が周囲にこだまする。ライトが点灯し、ポルシェは走り去っていった。

嘘だろう？　義雄は呆然とその場に立ち尽くした。ほんとにタイヤのボルトを抜いたのか？　これは立派な犯罪だ。事故でも起こせば傷害罪だ。

見過ごせない。伊良部のためにも見過ごせない。門のところまで行き中の様子を窺った。もう面会の時間は過ぎている。白衣を着ていない自分は堂々とは入れない。

そのとき、中からベンツが現れた。初老の男が運転している。

あわわわわ。義雄の膝が震えた。なんとしても止めなくては。下手をすれば死人が出てしまう。

走ってあとを追いかけた。信号待ちで追いつき、窓ガラスをどんどんとたたいた。男が驚いた顔でこちらを見た。

「開けてください。怪しい者じゃないんです」声を張りあげる。

男は窓を開けない。怯えた表情で前を見ると、信号が青になるなり猛然とダッシュした。

なんてこったい。あの院長は誤解している。

義雄は尚も走って追いかけた。街中なので信号は多い。スピードだってそんなに出せないはずだ。

それにつけても、どうして自分はこんなことをしなければならないのか。伊良部が「心配は人にさせるの」と言っていた、まさにその「人」だ。

なんとしても止めたいので、大声を上げた。「そのベンツを誰が止めてくれーっ」前方に向かって力いっぱい叫んだ。

そしてベンツは、院長があわててハンドル操作を誤ったのか電柱に激突した。ラジエーターから水蒸気が噴きだし、ボンネットが跳ねあがった。通行人が大勢駆け寄る。

義雄も追いついた。ふとトランクの中を見ると、透明のゴミ袋に詰められた数百本もの注射器があった。院長は運転席で泡を吹いていた。

《院長自らが注射器を不法投棄。問われる病院のモラル》

《ルポライターの岩村さん、執念の追跡取材》

世の中は不思議に満ちている。きっと役回りは変えられないのだろう。

心配をかける人間がいて、頼まれもしないのにハラハラする人間がいる。

「さすがにタイヤのボルトは抜けないよ」真に受けていいのかどうか、伊良部はそう言った。「トイレの水道を止めてやったの。うんちが流れないようにさ」

義雄には返す言葉がなかった。

「ルポライターは天職じゃん」伊良部が笑ってソファに深くもたれた。「楽天家じゃ務まらないわけだから」

ものは言いようだ。

だったら伊良部の精神科医も天職だ。人を深刻にさせない天性のキャラクターだから。

「先生、今度、本郷の賄《まかな》いつきの下宿に引っ越しましたよ」と義雄。

火事の心配だけはどうしても簡単に抜けず、義雄は苦肉の策として下宿生活を選択した。三十男が下宿住まいというのもなかなかおつなものである。

「いいなあ、学生みたいで」伊良部が羨ましがっている。「今度遊びに行くね」

もちろん「どうぞ」と答えた。

伊良部がにっと微笑む。

駆け込み寺があるのはいいものだ。義雄は以前よりちょっと、人間が好きになった。

初出誌

イン・ザ・プール　オール讀物　平成12年8月号
勃ちっ放し　オール讀物　平成13年8月号
コンパニオン　オール讀物　平成13年11月号
フレンズ　別冊文藝春秋　平成14年1月号
いてもたっても　オール讀物　平成14年3月号

奥田英朗（おくだ・ひでお）
1959年、岐阜県生まれ。
プランナー、コピーライター、構成作家を経て作家になる。著書に『ウランバーナの森』『最悪』『東京物語』がある。'02年『邪魔』で第4回大藪春彦賞受賞。

イン・ザ・プール

発行日　平成十四年五月十五日第一刷
平成十六年八月十日第十一刷

著者　奥《おく》田《だ》英《ひで》朗《お》

発行者　白幡光明

発行所　株式会社文藝春秋
〒102-8008 東京都千代田区紀尾井町三―二三
電話（〇三）三二六五―一二一一

本文印刷　理想社
付物印刷　大日本印刷
製本所　加藤製本

定価はカバーに表示してあります。
万一、落丁、乱丁の場合は送料当方負担でお取替え致します。
小社営業部宛お送りください。

© Hideo Okuda 2002 Printed in Japan
ISBN4-16-320900-X